Reisende

Reisende

Ein österreichisches Lesebuch

Impressum:
Herausgeberin: Dr. Martina Schmidt
Covergestaltung: Studio Hollinger
unter Verwendung des Bildes
Compartment C, Car 293 von Edward Hopper
Vignetten: Andreas Karner
Druck: Ueberreuter Buch Produktion
Papier: Matthäus Salzer's Söhne

Wien, 1999
ISBN 3-85103-131-8

Vorwort

„Reisen veredelt den Geist und räumt mit unseren Vorurteilen auf“
(Oscar Wilde)

„Lesen veredelt den Geist und räumt mit unseren Vorurteilen auf“, kann man wohl ebenso sagen: In der Literatur treffen wir nicht nur auf fremde Lebenswelten, sie läßt auch unserer Phantasie freien Raum für neue Erfahrungen.
In der vorliegenden Anthologie haben Literatur und Reisen zusammengefunden. Die Texte, die zum Teil eigens für dieses Lesebuch entstanden sind, beschreiben Reisebekanntschaften. Der Bogen spannt sich dabei nicht nur thematisch, sondern auch geographisch von Land zu Land.
Diese Vielfalt ist repräsentativ für das literarische Leben in Österreich. Denn vom Kinder- und Jugendbuch über Belletristik bis zu Fachliteratur und Sachbüchern deckt die heimische Buchproduktion alle relevanten Themengebiete ab. Der heimische Buchhandel wiederum sorgt dafür, daß Sie jedes Buch in kürzester Zeit erhalten.
Am 23. April ist die ganze Welt aufgerufen, das Buch und das Lesen zu feiern. Die UNESCO, die 1995 den 23. April zum Welttag des Buches erklärt hat, bekräftigt in ihrer Proklamation, daß Bücher im Lauf der Menschheitsgeschichte stets einen entscheidenden Beitrag zur Verbreitung und Konservierung von Wissen geleistet haben.
Das Datum für einen Festtag des Buches wurde von der UNESCO aus einem besonderen Grund gewählt: Der 23. April ist der Todestag von Shakespeare und Cervantes, zwei der bedeutendsten Persönlichkeiten der Weltliteratur.
Natürlich sind die Voraussetzungen in allen Teilen der Erde sehr unterschiedlich – nicht überall ist es selbstverständlich, daß Kinder Lesen lernen, und in vielen Gebieten sind Bücher für die Bevölkerung unerschwinglich –, aber feiern läßt sich das Kulturgut Buch allemal.
In Österreich gibt es am Welttag des Buches jährlich zahlreiche

Aktionen rund ums Lesen. Alle Bücherfreunde und auch die, die es noch werden wollen, sind eingeladen, den 23. April in den Buchhandlungen zu feiern.
Mit diesem Geschenkbuch möchten sich die Buchhändlerinnen und Buchhändler bei allen Kundinnen und Kunden für die Treue bedanken.

Anton C. Hilscher

Gustav Glöckler | Michael Kernstock

Anstatt eines Vorwortes

Im Grunde sind alle Bekanntschaften Reisebekanntschaften. Unterschiedlich ist die Dauer unserer gemeinsamen Reisen.
Eine Kurzform der Reisebekanntschaft bringt unweigerlich jede Taxifahrt mit sich. Dem Mitteilungsbedürfnis des Taxifahrers ist der Fahrgast hilflos ausgeliefert, gegen das dargebotene Weltbild in Form von ungehemmtem Redefluß hilft – erfahrungsgemäß – am ehesten noch zustimmendes Knurren.
Ich bin gern alleine. Ich suche, wenn ich den Zug besteige, nach einem leeren Abteil, und ich atme tief durch, wenn der Zug abgefahren ist, ohne daß die obligate Familie mit drei Kleinkindern, die Person mit dem frischen Schicksalsschlag oder der optisch weniger gelungene Herr ohne Anhang bei mir gelandet sind.
Katzen spüren ganz genau, wer nicht daran interessiert ist, mit ihnen Kontakt aufzunehmen. Das sind Menschen, deren Gegenwart ihnen Spaß macht. Die Folgen für die Betroffenen ergeben sich ganz spielerisch: fünf Kilo Fell am Schoß, Katzenhaare auf der gesamten Kleidung und eine rauhe Zunge, die zufrieden über das Opfer leckt.
Ich scheine eine ähnliche Wirkung auf Mitreisende zu haben. Die Stunden, in denen ich lammfromm mit Menschen, mit denen ich nichts gemeinsam hatte, über Themen, die mir zuwider waren, geredet habe, sind leider zahlreich. Ich bin nicht besonders mutig. Ich schaffe es nicht, zu jemandem zu sagen: „Hauen Sie ab."
Ein einziges Mal habe ich eine Reisebekanntschaft gemacht, die ich nie vergessen werde. Ich saß in einem leeren Abteil und wünschte mir, der Zug würde endlich abfahren. Am Gang ging ein älterer, eher etwas korpulenter Herr vorbei, in einem hellen Leinenanzug, mit Strohhut. Er warf mir einen kurzen Blick zu und ging weiter. Ich atmete auf, jedoch zu früh. Plötzlich war er wieder da, öffnete

die Tür, nahm den Hut ab und fragte höflich: „Hätten Sie etwas dagegen, daß wir ein kleines Reisegespräch führen?“
Das entwaffnete mich in der Sekunde. Ich habe mich mit ihm sehr gut unterhalten. Er hatte einen spannenden Beruf. Er war als Angestellter der Bahn dafür zuständig, Mitarbeitern, die nach einem Unfall behindert waren, den Weg zurück in den Beruf zu erleichtern. Er kümmerte sich um alle nur möglichen Probleme, aber auch darum, ob ihr Umfeld, ihre Familie, ihre Freunde ihnen genügend Unterstützung bieten konnten. Er kümmerte sich um ihre Seele. Er redete ganz sachlich darüber. Er war gerade unterwegs zu einem Arbeiter, dem ein Bein abgetrennt worden war. „Die Freundin, die er hat, ist in Ordnung“, sagte er.
Er war ein Bücherfreund und erzählte mir von Hebbels Tagebüchern. Darin hatte ihn vor allem ein Satz beeindruckt: „Das Glück des Menschen ist wie ein Blitz, der rundherum alles verbrennt.“
Dann stieg er aus. Ich sah einen einbeinigen jungen Mann mit Krücken am Bahnsteig stehen und ihm zuwinken. Daneben stand eine Frau.
Am nächsten Tag kaufte ich Hebbels Tagebücher. Ich suchte lange nach dem Satz, aber vergeblich. Ich glaube, er hat ihn erfunden.

Martina Schmidt

Inhaltsverzeichnis

Barbara Frischmuth
Tag- und Nachtstücke nach Schwarz'scher Manier II

Manchmal schickte die Seraf mir heimlich ein Freßpaket, in das sie Kaugummi, saure Drops und Brausepulver getan hatte. Vor allem dann, wenn ich durch lautes Reden im Schlafsaal oder durch Widersetzlichkeiten das Recht auf die monatliche Heimfahrt verwirkt hatte oder das Wochenende allein oder mit anderen Widersetzlichen im Internat verbringen mußte. Wenn ich dann wieder einmal nach Hause kam, sagte die Seraf zu mir, ich solle mir nichts draus machen, diese Flügeldrachen seien alle übergeschnappt, weil sie nie einen Mann unter die Bettdecke bekamen. Sie hielt es für ausgesprochen ungesund, daß man mich in so eine „bigotte Anstalt", wie sie es nannte, gesteckt hatte, aber wann immer sie meine Mutter, die Mami, darauf anredete, biß sie auf Kalkgestein, und die Mami erklärte ihrerseits, welch mäßigende Wirkung diese ausgereifte Lebens- und Erziehungsform auf meine gelegentlich überkochende Phantasie haben werde. Während ich selber zwischen der Einsicht in die Notwendigkeit des Internats – es gab kein Gymnasium in entsprechender Nähe –, dem Abscheu davor und der Langeweile daran hin- und her schwankte.
Sobald ich mich aber auf dem Bahnhof befand, den mit Schmutzwäsche gefüllten Koffer als Requisite mit mehreren Verwendungszwecken neben mir, begann das Stück mit dem Titel „Reisebekanntschaften", bei dem ich mich viel besser unterhielt als bei sämtlichen Laienstücken, die je im Internat aufgeführt wurden. Den paar anderen Kindern, die in dieselbe Richtung nach Hause fuhren, wich ich aus, mich gelüstete nach neuen Gesichtern, Körpern, Sprechweisen – nach Eroberungen.
Die Kleinstadt, in der sich die Klosterschule befand, war kein Bahnknotenpunkt, also gab es nur zwei oder drei Geleise, und ich konnte ziemlich rasch erkennen, wer sich dazu anschickte, denselben Zug zu besteigen. Es dauerte nur wenige Minuten, schon hatte

ich mir jemanden ausgespäht, auf dessen Gesellschaft ich Lust verspürte. Manchmal fand ich auch erst im Zug jemanden, und an dürftigen Tagen konnte es geschehen, daß nicht einmal unterwegs jemand zustieg, der mein Interesse weckte.
Sowie ich meine Wahl getroffen hatte, näherte ich mich, den Koffer mit sichtlicher Anstrengung hinter mir herziehend, und da es fast immer ein Erwachsener und fast immer ein Mann war, genügte die Bitte, mir mit dem Koffer beim Einsteigen zu helfen, um den ersten Kontakt herzustellen. Meist fühlte der Betreffende sich verpflichtet, mir den Koffer nicht nur in den Zug, sondern auch ins Gepäcksnetz zu heben, wo er gleich auch seinen eigenen verstaute. Dann lag nichts näher, als sich hinzusetzen, nebeneinander oder gegenüber, wie es sich ergab, wobei ich nebeneinander bevorzugte, aus Erfahrung, versteht sich. Erst jetzt kam es nämlich dazu, daß ich in Ruhe in Augenschein genommen wurde. Mein Koffer hatte seine Schuldigkeit getan, nun lag es an mir, die Sache in Gang zu halten.
Ich kannte mein Spiegelbild gut genug, um die Wirkung meines Aussehens auf andere ohne größere Kränkung ertragen zu können. Doch hat es auch von mir als Reisebekanntschaft Auserkorene gegeben, die nach dem ersten genaueren Hinschauen konstatierten, sie seien Raucher und gehörten daher in ein anderes Abteil, ihren Koffer wieder herunterholten und tatsächlich woanders hingingen.
Eine dieser Reisebekanntschaften, ein Mann Mitte dreißig, fragte mich allen Ernstes, warum ich im Zug und nicht mit meiner Sippe im Wohnwagen unterwegs sei. Seines Wissens benutzten Zigeuner immer einen Wohnwagen.
„Stimmt", sagte ich. Und ich erzählte, daß mein Vater zum Häuptling gewählt worden sei, was seinen Cousins nicht gepaßt habe. Sie hätten meinem Vater aufgelauert, und bei der Riesenrauferei, die sich in der Dunkelheit abgespielt hatte, habe mein Vater einen seiner Cousins undanks erstochen oder zumindest angestochen. „Sie wissen, was das bedeutet?" Ich schaute meinem Gegenüber fest in die Augen. Der Mann war so verwundert, daß er automatisch den Kopf schüttelte.
„Blutrache!"
Er konnte es nicht glauben.

Ich beugte mich, leise sprechend, in seine Richtung. „Und darum muß ich mit dem Zug fahren."
Der Mann verstand nicht. „Wie bitte?"
„Im Zug findet mich kein Zigeuner, weil sie alle in Wohnwagen unterwegs sind. Im Zug ist es am sichersten für mich."
„Und du lügst mich nicht an?" Eigentlich hatte der Mann seine Zeitung lesen wollen. Ich hatte längst die Überschrift ZIGEUNERFEHDE auf der letzten Seite erspäht und schüttelte traurig den Kopf.
Er stellte fest, daß ich erstaunlich gut Deutsch könne. Die Zigeuner hätten doch eine eigene Sprache, und wenn sie deutsch sprächen, redeten sie ein schwer verständliches Kauderwelsch. Nur die Scherenschleifer und Kesselflicker hätten es ein bißchen besser gelernt, von ihrer Kundschaft halt.
„Mir hat's die Mami beigebracht. Meine Mutter ist nämlich geraubt worden. Aber sie spricht noch immer ganz gut deutsch."
Das ging dem Mann nun doch über die Hutschnur. „Geh, geh, was du nicht sagst", und weil ihm sonst nichts mehr einfiel, vertiefte er sich in die Zeitung, nicht ohne mich gelegentlich, wenn er umblätterte, rasch und mißtrauisch zu mustern. Ich tat, als schaute ich mir die Gegend an, wobei ich von Zeit zu Zeit zurückzuckte, so als hätte ich draußen was entdeckt, das mich ängstigte, und wolle nicht gesehen werden, was auch der Mann bemerkte, selbst wenn er tat, als sei er in seine Zeitung vertieft. Als er dann auf der letzten Seite angelangt war, sah ich, wie es ihm bei der Schlagzeile ZIGEUNERFEHDE einen Ruck gab. Er schaute auf, blickte zum Fenster hinaus und zog dann plötzlich den Vorhang vor, wie um mich vor Blicken zu schützen. Das kam ihm doch wieder übertrieben vor, und er sagte, daß die Sonne ihn blende, obwohl es ziemlich bewölkt war.
Wir saßen noch eine Weile so da, und der Mann fragte: „Fürchtest du dich? Ich muß nämlich bei der nächsten Station aussteigen. Aber wenn du dich fürchtest, kann ich dem Schaffner Bescheid sagen."
„Ich fürchte mich nicht. Mein Vater ist der Häuptling."
Da reichte es dem Mann endgültig. Er erhob sich, nahm seinen Koffer und ging zum Waggonausgang, wo er noch an die zehn Minuten stehen mußte, bis der Zug hielt. Irritiert, wie er war, hatte er sogar die Zeitung liegen lassen. Ich las den Bericht über die

„Zigeunerfehde“, und es stellte sich heraus, daß die ganze Geschichte in Spanien passiert war und mehrere Todesopfer gefordert hatte, aber so weit hatte der Mann gar nicht gelesen. Wir hatten uns beide mit der Überschrift begnügt.
Der schwierigste Moment war immer der des ersten Gegenübersitzens, wenn man mich zu mustern begann. Ich kannte mich aus in Blicken, jenem die Lippen kräuselnden Erstaunen, versetzt mit einer Spur Ungläubigkeit und darauffolgendem Zur-Seite-Schauen, um mich das Mißfallen nicht allzu deutlich spüren zu lassen, und dem Hauch von Gekränktheit darüber, daß ich mich anderen so ohne weiteres zumutete. In diesen Augenblicken galt es, kühlen Kopf zu bewahren. Schließlich ging es mir darum, mich so interessant wie möglich zu machen, um ein Bild von mir entstehen zu lassen, das den anderen nicht so rasch aus dem Kopf ginge.
„Haben Sie eine Waffe bei sich?“ fragte ich zum Beispiel, wenn ich mit dem von mir zur Reisebekanntschaft auserwählten Herrn nicht allein im Abteil saß. Und es war ganz klar, daß er mich ansehen und fragen würde: „Wie kommst du denn darauf?“
„Mein Vater“, erwiderte ich und das in einem Tonfall, als verrate ich ein Geheimnis, „hatte nämlich seine nicht bei sich. Dann ist bei uns eingebrochen worden, und die Einbrecher nahmen auch die Pistole mit. Eine Walther BKK“, fügte ich hinzu, um gar nicht erst den Verdacht aufkommen zu lassen, daß ich schwindelte.
„Einbrecher? Erzähl!“
Und ich gab eine genaue Schilderung von der Ankunft der Einbrecher, die ich, wach im Bett liegend, gehört hatte, von den Geräuschen, die sie im Elternschlafzimmer verursacht hatten, bis zu ihrem Abzug, beladen mit Kissenüberzügen, in die sie alles gestopft hatten, was sie nur finden konnten.
Spätestens dann, wenn ich erzählte, wie dumm und ungeschickt die Gendarmen sich verhalten hatten, hielten es die Mitreisenden nicht mehr aus und mischten sich mit ähnlichen Diebstahls- und Einbruchsgeschichten ins Gespräch, und in kürzester Zeit war die spannendste und gruseligste Unterhaltung im Gang, die ich mir wünschen konnte. In den Fällen aber, in denen der von mir angesprochene Mann noch immer versuchte, sich rauszuhalten, ging ich einen kleinen Schritt weiter und fragte: „Oder haben Sie gar keine Waffe?“ Es war noch nicht allzu lange nach dem Krieg,

und kaum einer dieser Männer konnte der Versuchung, als Waffenbesitzer zu gelten, widerstehen und zugeben, daß er keine Waffe besaß. Manche erwähnten verschämt ein Jagdgewehr, was in dieser Gegend immer glaubwürdig wirkte, oder sie begnügten sich mit sonstigen Andeutungen.

Manchmal fragte ich einen Mann, mit dem ich allein im Abteil war, unvermittelt: „Schlagen Sie Ihre Frau?" Und nach dem üblichen „Wie kommst du darauf?" gab ich die Geschichte von meinem prügelnden Vater zum besten, der neulich meiner Mutter aus Eifersucht den linken unteren Eckzahn ausgeschlagen hätte. Ich brachte auch mich ins Spiel, indem ich erzählte, wie ich selber gelegentlich etwas abbekäme, mir aber zu helfen wüßte, denn ich hätte meinen prügelnden Vater in die Hand gebissen, so fest, daß eine Sehne durch war.

Einmal war ich dabei an den falschen geraten. Das dürfte ich nicht, Gott bewahre, nicht einmal denken möge ich an sowas. Wie sich herausstellte, war der Mann Mitglied einer Sekte, und er meinte, ich müsse diesen prügelnden Vater in jedem Fall ertragen, und je demütiger ich das täte, desto größer würde meine Gutschrift im Himmel sein. Dabei leistete er sich einen dermaßen unverschämten Augenaufschlag, daß er mir die Laune verdarb. Einmal in Gang gesetzt, goß er all seine Bekehrungssprüche über mir aus, so daß mir gar nichts anderes übrig blieb, als die Wahrheit zu sagen, nämlich daß ich im Kloster zur Schule ging und die Barmherzigen Schwestern vom hl. Kreuz mich oft genug vor Männern wie ihm gewarnt hätten.

Ich hatte mir eine ganze Reihe von Einstiegsgeschichten zurechtgelegt, angefangen damit, daß meine Mutter eine weggelegte Tochter von Greta Garbo sei, die hier in den Alpen versteckt gelebt habe, bis mein Vater auf sie gestoßen sei und sie geheiratet habe. Oder daß ich einen Geburtsfehler hätte, nämlich das Herz auf der rechten Seite, obwohl man es links klopfen höre, bis hin zu der Bemerkung, ich kenne eine Frau mit drei Brüsten oder, wenn ich mich das nicht traute, ein Ferkel mit zwei Köpfen. Am leichtesten fielen mir natürlich die sagenhaften Übertreibungen unserer Familiengeschichte, in denen ich aus meinem Großvater eine Art einflußreichen Seeräuber und aus meinen Onkeln gespenstische Kriegshelden machte. Oder wenn ich alle Selbstmorde, die von

Verwandten verübt worden waren, genau beschrieb oder von meiner Mutter als einer Frau sprach, der unzählige Männer Blumen und Bonbonnieren schickten, wogegen mein Vater diese Kerle einzeln unter den Tisch soff.

Ich weiß auch nicht genau, warum ich alle Vorfälle, auch die peinlichen, dermaßen schamlos übertreiben mußte, aber mir war jedes Mittel recht, um mein Gegenüber zu unterhalten. Manchmal erzählte ich sogar Klostergeschichten, und ich hatte bald heraus, daß es Männer gab, deren Augen zu leuchten begannen, wenn sie hörten, daß die Nonnen die Mädchen auf einem Holzscheit knien ließen oder eine Holzplatte über unsere Badewanne legten, damit wir uns nicht selber anschauten. Wenn mir gar nichts anderes einfiel, erzählte ich von Zottel, unserer Hündin, und wie klug sie sei. Man könne sie zum Beispiel in die Trafik schicken, damit sie die Zeitung hole. Und wenn man zu ihr sage SALZBURGER NACHRICHTEN, komme sie mit SALZBURGER NACHRICHTEN zurück, und wenn man aber EXPRESS oder NEUES ÖSTERREICH sage, komme sie mit EXPRESS oder NEUES ÖSTERREICH zurück.

Für mich bedeuteten Reisebekanntschaften die Welt. Ich war süchtig nach ihnen, und beim Erzählen schob ich meine Worte immer näher an die empfindliche Grenze zwischen Skurrilität und Frechheit, und gewiß hätte ich mich um mein Leben erzählt, nur um in den Genuß jener Aufmerksamkeit zu gelangen, in der ich mich geradezu wälzte, rauschhaft, um mich für alle Stillhaltemaßnahmen und Erziehungsversuche im Internat zu entschädigen. Ich handelte mit Worten, die ich wie Köder auslegte, und sobald der fette Karpfen geschluckt hatte, traktierte ich ihn mit Geschichten, daß ihm die Augen nur so übergingen.

Julian Schutting
Begegnung mit einer Maltesin

Um die nachtflugbedingte Übernächtigkeit und die einem kurzen Morgenschlaf abholde Gier nach Neuland loszuwerden, gleich nach der Einquartierung loszuziehen und dich durch Stunden von kräftigen Meereswinden Altstadtgassen hinan- und hinabtreiben zu lassen: wirst davon, ausgenüchtert wie du bist, mit der Festigkeit des Bodens selbst der deines Körpers allmählich verlustig geraten; wirst dich daher aus den von eiligen Wolken an den Häuserzeilen angerichteten Verschiebungen, die sich ja unter deinen Gespensterschritten und nichts mehr einen Halt gebenden Blicken fortsetzen bis in die vorgetäuschten Himmelsgewölbe der Kirchen auf der mitschwanken gemachten Insel, wohin sonst als in ein archäologisches Museum flüchten, auch aus deinem Verschwinden:
das unverrückbar in sich Lastende von prähistorischen Steinblökken und die Schwere gleich grob behauener Steinfiguren werde dein Blickfeld stabilisieren und dir deinen festbegrenzten Körper wiedergeben, und so ist es dann auch:
festgefügten Quadern, deren horizontale Schichtung zu wehrhaften Mauern wohl auch der Festigung des Horizontes zugute kommt, zu dem Ende entlangzugehen, daß mit der Wiederherstellung des Körpergewichts und des Gleichgewichtssinnes auch die labile Insel ihren Anteil an Erdenschwere zurückgewinnt: nach dem Verebben des Erde-Bebens wenig später ist nichts mehr von der Fliehkraft der Erde zu spüren: vor übernächtiger Erfülltheit mit wolkengleich flüchtigen Freilichtbildern und von unverständlichen Wörtern und Worten umgaukelt, dir eben noch luftdurchlässig gewesen, kannst du inmitten von öder Kumulierung von Steinblöcken kaum noch dem sein Naturrecht fordernden Schlaf widerstehen.
stehst dann, dir schwer wie ein Mehlsack, in einem Saal solcher Dämmrigkeit, als würden in der alle Morgen- und Abenddämme-

rungen zusammenfließen, vor einer schwach beleuchteten Vitrine, nämlich vor einer aus ihrer Kleinkindgröße in unsere Augenhöhe gehobenen Steinzeitfigur –
angesichts ihrer Leblosigkeit in so Totem wie Stein, während der sie sich trotzdem noch (ein langes Steinkleid hat sie an) auf zwei Beinen hält, werden dir die Augen noch schwerer, schwankt aber auch von neuem der Boden, also starrst du ihr in ihr starres Gesicht, um ihr nach kurzem Geschwanke gleich reglos gegenüberzustehen – wie aber Aug in Nichtaug mit ihr (ihre Augendeckel sind fest geschlossen) eine Fixierung des labilen Wachseins zu finden? auch dir wollen die Augen zufallen wie Kindern und Schlafpuppen.
und unversehens hast du ihr ein auch an dich gerichtetes: „Wach werden, wach auf, sei wach!“ zugedacht, hast mit diesem stummen Zuruf bei trotzdem noch schwerer werdenden Augen und kaum noch beherrschbarer Schlafmüdigkeit ungewollt eine Brücke gebaut – ihrerseits ist die der dämmrige Übergang zwischen Tag und Nacht, zwischen Tag und Nacht daher auf deiner Seite:
die Augen willst du offen halten, indem du ihr auf die Augen schaust, als stünden die offen, „halte mich wach und sei mit mir wach!“, und da bebt das Beben der Erde nach, in ihrem Gesicht, von einem Lidschlag zum nächsten beben und flattern, wie manchmal lebhaft Träumenden, die ein wenig gehobenen Lider – schnell senkst du den Blick, schließt die dir vor Schreck wachen Augen, um nur ja nicht mit Neugierde und Beharrlichkeit Nichtgewolltes der Erdfrau aufzuzwingen. siehst sodann, solltest lieber schlafen in deinem Quartier!, zu einem Lächeln sich kräuseln ihre Lippen – das sei der Lohn für den Verzicht auf magische Willensdurchsetzung!, und wolltest dich trotzdem in eine Ohnmacht davonmachen, denn es ist genau das Lächeln, das Totenmasken festhalten zur Verewigung der Freude, in die wir (sofern sich in solchem Lächeln nicht doch nur die Muskelentspannung ausdrückt nach vollendeten Sterbekrämpfen) dem Anschein nach eingehen, unter Zurücklassung des beschwerlichen Körpers:
schwarz wollte es dir vor den Augen werden angesichts dieses Totenlächelns, verblassen wollte dir die Welt in dem Moment, wo die Augen der davon in eine Ahnung von Erwachen Gehobenen deinen Blick gespürt haben, und in den Ohren rauscht dir nach das Flattern ihrer Augenlider –

Anflüge eines Höhenschwindels über die Täuschung loszuwerden, todmüd seiest du zu ungewöhnlichen Zauberkunststückeln begabt, fixierst du diese fest zugewachsenen Blindenaugen, atmest tief ein die dumpfe Luft, und da hörst du sie seufzen: wäre das die Macht halber Ohnmacht, muß oder mag zeitlebens scheintot (also: von jeher scheintot) Gewesenes sich von dir zum Leben erwecken lassen, ins Erwachen, weil du es nicht auf seine Beherrschung abgesehen hast, sondern zur Unterdrückung eines Schwächeanfalls auf die kräftigende Rückstrahlung unverbrauchter Erdkräfte, ob es die nun gibt oder nicht, angewiesen wärest?

ihr Kinnladen rückt hin und her, ihre Nasenflügel blähen sich, Milderes prägt sich aus in ihren Zügen, ein Traumlächeln, ein uraltes, weil der Urzeit zugehörig, und reglosen Körpers schnupft sie leise, so wie wir, wenn uns von schon zu Ende gegangenem Weinen noch etwas nachbebt – deine Brust aber ist es, der sich sogleich das Luftholen eines entringt, der in eisiges Wasser gesprungen ist oder allzuviel in sich hineingetrunken hat, auf einen Zug:

also beginnst du ihr etwas vorzuatmen, gleichmäßig und tief wie vorm Lungenfacharzt, tiefer und schneller dann zur Füllung der Lungen mit möglichst viel Luft, wie in der Kindheit vorm Hinuntertauchen zu einem blinkenden Fisch oder Stein, und siehe: das wird ihr zu einer künstlichen Beatmung! an die Glasscheibe drückst du dich, und wie eine bloß auf Zeit Versteinerte atmet sie mit, durch die Nase; ist knapp daran, sich von dir beseelen zu lassen, weil du für sie brav weiteratmest und jeden Atemzug mitzählst, wie einstmals im Liegen unter einem mit Äther durchtränkten Wattebausch -

eins mit der Schläferin wirst du für einige Augenblicke, sobald du es sein läßt, ihr ins Gesicht zu schauen mit gewiß nicht ihr Erwachen fordernden, diesem aber vielleicht förderlichen Blicken:

sobald es dir also gelingt, mittels Versenkung in ihren ihr davon leicht gewordenen Tiefschlaf in sie noch Bewußtlose hineinzugehen und, ruhig weiterzuatmen bestrebt wie ein Langstreckenschwimmer, ihr bei nun dünnerem Schlaf die Schwach- und Kurzatmigkeit zu verringern, und sollte das dir die Brust verengen, zu ihrer Entlastung von jemals von Menschen erlebten Atembeklemmungen, darfst du dich eins mit ihr wissen, als wärest du noch nicht der Mutter Erde entkrochen –

und eins bleibst du mit ihr, dieser in aufrechter Haltung eingeschlafenen Entschlafenen, solange du, vom Widerstandskampf gegen ein Schwinden der Sinne geschwächt, vom Ermatten der Lebensgeister jedoch in deinem passiven Tun bestärkt, in den in einen Scheinschlaf gehobenen Steinschlaf von tausend mal tausend Jahren so weit dich hineinfühlst und einfügst, daß du dich an ihrer statt gerade noch auf den Beinen halten kannst; oder daß du, als wähntest du sie wirklich belebt oder selbst unbelebt zu Wahrnehmungen begabt, aus Höflichkeit den Drang bezwingst, dich in Betrachtung der nun vor scheinbar nahem Erwachen zitternden Augendeckel ordentlich auszugähnen:

von einer wie im Traum gegen schlechteres Wissen wahr geglaubten Täuschung sie künstlich zu beatmen beflügelt, funktionierst du als ihre Lungenmaschine, infundierst ihr mittels schweißtreibenden Inhalierens der auch außerhalb des Glassturzes sauerstoffarmen Luft deine Kraftreserven, bis dir der Atem stocken will und die Ohren dir rauschen, über die Entdeckung eines vor Übermüdung als ‚Lungenriß' gedeuteten Spaltes, der quer über ihre Brust verläuft, wie wenn erst nun entstanden – aber hat nicht selbst ein Gott bloß geknetetem Lehm, nicht aber Stein, Leben eingehaucht? und die ist gewiß nicht aus Ton gemacht!

Lebenshunger in Gestalt von Essenshunger überkommt dich, kaum daß dir schwant, gleich würden ihr unter weggesprengten Augendeckeln die Augen nach vorne quellen, gleich würde sie dir aus vorgeschichtlicher Zeit in die Augen schauen –

so gehen dir erst im nächstbesten Wirtshaus die Augen über sie auf im Aufschauen ansichtig ihres dort plakatierten Photobildes –

wie einen jeden, der jemals vor sie hingetreten ist und jemals zu ihr treten wird, hat sie dich von Anbeginn mit toten Augen angesehen, einzig du nimmst erst mit vollem Mund den oberen Lidrand wahr und den daher leeren Blick

(ihrer Belebung für einen langen Augenblick, scheinbar geglückt im Moment des also vom unteren zum oberen Lidrand gehobenen Blicks und scheinbar widerrufen durch die Vermeidung einer länger als einen Lidschlag währenden Berührung ihres scheinbar wachgerissenen Erwiderungsblickes, der mag förderlich gewesen sein Müdigkeit und Dämmerlicht, die Voraussetzung jedoch für die Erschöpfungs- und Halbschlafzuständen zugehörige Zauberstimmung könnte aber das gewesen sein, was du im Weggehen einen Wärter erörtern hören hast: in Anlehnung an ganz ähnliche Funde seien vor wenigen Jahren der Kopf und die Brustpartie des Torso (also der meinen Figur) rekonstruiert worden; nach wie vor aber seien sich die Archäologen unschlüssig über das Geschlecht dieser Funde, Priester oder Priesterin, beiderlei sei gleich plausibel –

also hast nicht erst du die vor undenklicher Zeit durch kollektive Magie vor sich gegangene persona-Werdung von roh geformtem Holz oder Stein heraufzubeschwören gesucht aus ihrer Undenkbarkeit; und hast es bei diesem Augenexperiment des dich-Einfühlens in Stein ähnlich gehalten wie einer der heutigen Künstler: die Beseelung eines groben Trumms dürfte dem dadurch glücken, daß er das Geschlecht seiner Geschöpfe in Schwebe hält, in dem Dämmer, der sowohl der Nacht als auch dem Tag angehört!)

Monika Wogrolly
Souvenir einer Reise

Wenn man jemanden auf einer Reise kennenlernt, hat das ein eigentümliches Aroma. Es ist mit anderen Bekanntschaften kaum zu vergleichen. Wenn man auf Reisen ist, benimmt man sich anders, auch leichtfertiger, oft übertrieben vertraulich.
In der Geschichte ging es um einen Mann und eine Frau. Sie war fünfundzwanzig, er gegen vierzig. Er war zum zweiten Mal verheiratet; sie war noch ledig.
Er lud sie im Frühling auf die Reise ein, auf der sie sich erst kennenlernten. Denn was davor geschehen war und bis zu der Reise, war nicht so ganz wirklich geschehen oder stand in keinem Verhältnis zur Wirklichkeit. Was sich bis zum Abflugstag zugetragen hatte, spielte sich in harmlosen Szenen und Episoden ab. Wahrhaft bekannt miteinander machte sie dann ihre Reise, und erst die Reise überflutete sie mit sich und rieb jeden der beiden mit Lust und Not, Absichten, Hoffnungen und Zweifeln des anderen ein. Auf Reisen tragen sich Dinge zu: Gefühle entstehen und verschwinden, Verheißungen können sich einstellen, etwas kann sich zur Liebe lichten oder als Betrug verdunkeln; zwei Menschen finden einander anziehend oder nicht, wenn sie erkennen, daß sie einander fernliegen, und wenn die Reise nicht den nötigen Antrieb bringt, um das Verbindende zu erhalten.

Es war gerade Viertel nach zwölf, und beide hatten soeben mit ein paar Schritten durch das Flughafengebäude ihre Geschichte verlassen, den Alltag und die in seiner stramm und um ihn besorgt in der Abflughalle zum Abschied bereitstehenden Frau verkörperte Gewohnheit. Seine Geliebte hatte im Augenwinkel das Verbrechen des Judaskusses strafend mitangesehen.
Nur im Augenwinkel sehe ich es, hatte sie währenddessen gedacht, und doch muß ich vor mir bekennen, daß in fünf Tagen die gleiche

Szene, nur umgekehrt, mit ihm als Ankömmling, sich hier abspielen wird, mit fünf Tagen New York dazwischen, fünf Tagen, sechs Nächten mit mir; nachdem er einen Streifzug über meine Haut gemacht haben und mich erobert und geschmeckt haben wird und Schweiß aus unseren Poren geflossen sein wird, mein Herz wieder verlassen und hart geworden sein wird, wenn jeder in seine Geschichte zurückkehren, und wenn alles in uns zur Erinnerung verkrusten wird, über die ich unter dem Titel Reisebekanntschaft schreiben werde. Von solchen Gedanken verunsichert, passierte sie unmittelbar vor ihm die Gepäckskontrolle.

Ein Amerikaner, der in ein Buch versunken gewesen war, als sie ihn in der Abflugshalle angesprochen hatte, war halbwegs verblüfft, sie, die sich vor ihm als Alleinreisende zu erkennen gegeben, am Flugsteig aufeinmal neben einem Mann zu sehen, mit dem sie sich auf vertraute Weise unterhielt. Allerdings lag noch der Anblick der Abschiedsszene wie ein Schleier über ihm, den sie nicht durchdringen konnte und wollte, sollte doch er, denn er war es, der seine Ehefrau weggespielt hatte aus seiner Zeit mit ihr, vielleicht auch mit anderen. Und er war es, der die Augenbrauen hochzog, wie Vorhänge die dunklen Wimpern über dem braunen starren Blick, und ihr Schuldgefühle erzeugte, wenn sie ihn ängstlich mied! Sie war schuld, sie war es, die an der Liebe zweifelte! Er nicht; er zweifelte niemals!

Sie bestiegen das Flugzeug. Mit der Angst wich die Entfernung aus ihr, wenn es auch eines Gewaltaktes bedurfte, sich zunächst wieder an seinen wie erst im Zusammentreffen mit ihr ins Leben zurückgerufenen Körper zu schmiegen. Sie preßte sich an ihn, um etwas, das in Wellen zwischen ihnen lag, wie Meeresgischt oder chemische Dämpfe, wie um das zu beschwichtigen, dem Drachen die Augen zuzuhalten, damit er für die Dauer der Reise seine eigenen Reißzähne vergessen mochte ...

Sie erglühten im Flugzeug vor Liebe, und wie erst nach der Ankunft in New York! Er wußte ein Fremdwort für ihre Stimmung, bis zum Ersticken zu lachen im Transferbus zwischen Kennedy-Flughafen und Manhattan; auf der Taxifahrt bis zu einer Pension, wo sie gegenüber am Straßenrand, wie vom Himmel gefallen, auf einem Korbstuhl, ein Bier trinkend, auf ihn warten sollte, der in der

Pension ein Einzelzimmer bezog, das seine Ehefrau von ihrem Arbeitsplatz in einer Bibliothek aus via Internet gebucht hatte. Später schlich sie ihm nach, eine streunende Katze, ein Gespenst. Sie kamen einander bereits wenige Stunden nach ihrer Ankunft wahrhaft näher, als sie vom Time-Square aufbrachen, um zu Abend zu essen, und sie ohne Vorankündigung von ihm wich, ihn mitten im Wort verließ. Er vermißte sie neben sich – wo war sie? – sah sich vergebens nach ihr um. Dann entdeckte er sie: Dort war sie also und bückte sich über ein Geländer und starrte in einen Abgrund und hatte nichts angekündigt; welche Art war das, eine andere hätte sich besser benommen. Sie kannten einander anscheinend noch nicht!

Sie hatten es riskiert, gemeinsam zu verreisen. Jetzt war sie, kaum angekommen, ohne ein Wort von ihm gewichen; und er ging weiter, immer schneller auf einen Obelisken, eine Säule, wie hieß das gleich, zu. Und sie, die nur hatte nachsehen wollen, was dort drüben so war, war verdutzt, als sie sich umdrehte und er fort war, und konnte nicht anders, als ihm nachzurennen, um ihn einzuholen, seinen Vorsprung zu verringern, doch war er in der Wut so schnell. Immer schneller und zackiger, unfreundlicher erschienen ihr seine Bewegungen und nahmen sich ganz und gar nicht wie die Bewegungen eines abendlichen Spaziergehers, Flaneurs in New York, aus, der in Begleitung seiner Geliebten war. Sie konnte ihn schließlich einholen und fragen, was geschehen sei. Es fügte sich, daß sie durch New Yorker Avenues, an Straßencafés und Stühlen mit essenden, lachenden, redenden Leuten vorbei, durch Gerüche von Nahrung, Tabak und Parfum, Stimmen- und Musikgewirr hindurcheilten, immer im Kreis und im Kreis, Autos auswichen, entgegenkommenden Passanten, und sie fragte und fragte ihn, und er antwortete und antwortete nicht, bis er sie anbrüllte, daß das eine Gemeinheit gewesen sei, ihn ohne ein Wort zu verlassen, wo er gerade bei der Erklärung von etwas Historischem über die Stadt gewesen sei; weswegen interessiere ihn nicht, sie habe keine Erziehung genossen, eine Gemeinheit sei das, eine Gemeinheit nochmals, und so schrie er und schrie auf sie ein an ihrem ersten gemeinsamen Abend in der Fremde.
Der Himmel war unerreichbar. Sie war nicht mehr *submanisch*,

sondern zerknirscht, unter dem Hagel von Vorwürfen welk geworden. Zerknittert lief sie ihm nach, bis sie glaubte zu weinen. Tränen folgten erst auf der Toilette eines Lokals, das sie später schweigend besuchten. Nach der Liebe auf ihrem Zimmer ging es aufwärts, morgens auch, doch nach dem Frühstück, anderntags nach dem Frühstück ...

Er saß oben im Freien bei Kaffee und Bagels. Sie war zum zweiten Mal mit sich allein in einer Toilettenkabine in der fremden Stadt. Sie fühlte die Nacht wie Rauchschwaden in sich, war wie von Fäden durchzogen, inwendig vernetzt. Als sie zurückkam, war sie verändert. Im Gehen wurde ihr schwindelig. Sie fürchtete zu sterben, Herztod, Herzschlag, irgendetwas. Sie setzten sich unterwegs auf eine Bank, und sie begann zu erzählen.

Ich bin unmoralisch, sagte sie, das ist nicht meine Art. Ich kenne dich noch gar nicht und lasse mich auf so etwas ein. Du, was du letzte Nacht mit mir gemacht hast, zum zweiten Mal verheiratet bist du, und normalerweise mache ich das nicht. Es war das erste Mal, glaub mir. So bin ich nicht. Glaubst du mir? Ich mußte es dir sagen.

Ja, sagte er mit klarer Miene: Ich glaube dir. Komm, laß' mich dein Beruhigungsmittel sein!

Er hauchte sie an.

Es hat dir aber gefallen, sagte er. Daß sie Grenzen brauche, habe er gleich gesehen. Darum sei diese Behandlung die einzig richtige für sie.

Aber er ist vergeben, dachte sie: Wie kann er mich lieben? – und badete weiter in seinen dunklen Blicken und tauchte daraus wieder auf, braun verfärbt, und wußte schon da: Schwer wird es sein, mich nicht zu erkälten.

New York wurde ihr unheimlich. Ihr Reisegefährte benahm sich wie der Ehemann seiner Geliebten, und alle Gefühle spielten mit, wie wenn ihre sich bei den seinen wie Damen in die Arme ihrer Kavaliere eingehängt hätten, und selbständig setzte irgendein Mechanismus ein, so, als ob sie die einzigen auf Erden wären. Sie flüsterte ihm zu, daß sie füreinander geschaffen seien. Ab und zu, etwa auf einer Sightseeingtour im Autobus, auf der Höhe des

Central-Park, dachte er auch an zuhause. Er dürfe nicht zuviel Geld vom gemeinsamem Konto abheben, das falle sonst auf. Und sie an seiner Seite, soeben in Liebe verpackt, so daß sie nichts außer dem sehen konnte, von langen Küssen genährt, über den Augenblick erhaben, mußte aufeinmal an Vergeltung denken und wollte zugleich verliebt sein und bleiben, es war so schön und verhüllte einen vergangenen Schmerz, der noch brannte. Sie wollte, sie wollte sosehr!

Sie wohnten in einer Pension in Manhattan. Auf den Stufen vor der Metropolitan Opera versammelten sich abends Schwarze mit Rastahaar und Weiße und spielten im warmen Dunst auf Trommeln einen gleichbleibenden Rhythmus, wie Regenfall, ewig schönes Verweilen, während Kinder auf dem Asphalt umherliefen und Hunde sich, abseits ihrer langhaarigen Besitzer, nach langem Fangspiel, paarten.
Sie mußte auf ihren Reisegefährten warten, der einen Geschäftstermin an der Börse gehabt hatte. Sie kauerte auf den Stufen, mitten unter eingeschworenem Trommelvolk, und beobachtete den Platz ihr zu Füßen. Drei Schwarze sprachen sie an. Einer fragte, ob sie mit zu ihm ginge. Sie gab an, kein Französisch zu sprechen und nur zuhören zu wollen. Sie hatte Erfolg und gewann Selbstvertrauen im Abwimmeln, gleich, wer sich hinsetzte. Als einer energisch mit dem Arm gegen ihren stieß, auf den ersten Blick schwer von Drogen gezeichnet, riet ihr jemand mit schwarzem Pagenkopf, den sie an der Stimme als Jungen erkannte und dessen Skateboard zwischen seinen gegrätschten Füßen lag, sich zu ihm auf eine höhere Stufe zu setzen. Sie folgte der Aufforderung. Er erzählte mit glasigem Blick, daß er aus San Francisco sei und in New York für eine Modeagentur arbeite. Sie glaubte kein Wort, bis er aufbrach und auf dem Skateboard dahin war, nice to meet you zum Abschied gehaucht hatte, blaß, Mädchengesicht, vielleicht neunzehn, mit Sicherheit schwul, und erblickte aufeinmal das bekannte Gesicht mit den dunklen Augen unter den unbekannten, doch seltsam vertrauten Gesichtern. Sie sah, daß in ihm kurz ein Hang, zu ihr auf die Treppe zu kommen, gewesen war, den er jedoch zurückzog, als ob sie ihm etwas schuldig wäre, auch verhielt er sich betont kühl und entfernt, und das nach der heißesten Nacht. Er

hatte sie mit dem Gürtel bestraft, ihn ihr zum Halsband, zur Fessel gemacht, ihr einen anderen Gürtel um die Augen gebunden. Sie gingen essen.

Vom Wein beschwingt, warf sie ihm auf dem Rückweg einiges an den Kopf; vor allem, daß er unehrlich sei, der sowohl ihr als auch seiner Ehefrau gegenüber von Liebe spreche, und er rief aus, wie unverbesserlich sie nur sei. Er sprach von Trennung. Er rannte los. Sie holte ihn ein unter Tränen. Nein, nein, so war es nicht gemeint! Nicht alles hinwerfen! Und sie nannte ihn, wie er es sie gelehrt hatte, mein Herr. Und er erklärte ihr, etwas beschwichtigt, wie wichtig es sei, daß sie ihn so nenne, weil es von Natur aus so sei, daß die Frauen sich unterzuordnen hätten und eigentlich von selbst unterordneten, bloß die Kultur und Erziehung trieben den Frauen diese Wünsche aus und brächten sie um die Gewißheit, nur in ihrer Gefangennahme wahrhaft aufzugehen, da Freiheit keiner Frau entspreche; jede Frau brauche Grenzen, die er ihr auferlege, zu ihrer Freude, ihrem Schutz, da sie sonst verwöhnt und maßlos sei, er werde sie jetzt gleich bestrafen, da ihr Verhalten nicht zu rechtfertigen sei, sie werde sich oben im Zimmer für ihn hinlegen, und er werde den Gürtel nehmen, sie werde den Gürtel zu küssen haben und ihn dann um die Bestrafung bitten und nicht vergessen, mein Herr zu sagen.

In dem straßenseitigen Zimmer, im fünften Stock, war es, wie er gesagt hatte. Sie legte sich hin. Sie wehrte sich nur noch wenig. Allein, daß sie ihm die Finger ein wenig in den schmalen dunkelbeflaumten Rücken krallte, ihn an den Schultern zog und drückte, als er unmittelbar nach den Hieben umarmt werden wollte! Er packte sie hart am Hinterkopf und faßte mit der rechten Hand ihr Haar im Nacken zusammen, er schlug sie mit der flachen Hand mehrmals auf beide Schenkel, und als sie keuchte, wollte er hören, ob es die Erregung sei. Sie keuchte, es sei die Empörung, Enttäuschung, der Schmerz, während sie wie nie zuvor erschrak vor Liebe. Daß in ihm beides sei, Gutes und Böses, leuchte ihr nicht ein, stammelte sie ihm ins Ohr, daß er sie loslassen möge, aber er hielt sie fest, wie sie es sich insgeheim auch erhofft hatte.
So ist das, wenn man eine Dienerin ist, sagte er leise: Ich werde es

dir noch zeigen. Was möchtest du jetzt? – Ich weiß nicht. – Du weißt nicht – was? – Ich kann nicht ... – Los, sag' schon, drängte er sie, bis sie Herr sagte, sehr leise, dann etwas lauter: mein Herr.

Am letzten Tag ihrer Reise bat sie ihn schon von sich aus, sie sich zu nehmen, da sie sein Eigentum sei. Sie stand voll in Blüte und wuchs und reifte ihm entgegen, nach jeder Berührung, jedem stählernen Blick. Wie eine pralle Frucht, die er nur noch zu pflücken brauchte.

Guuut, sagte er langgezogen: Verstehst du nun endlich, was Sache ist. Das ist die Realität, meine Süße, daß du mir unterlegen bist. – Ich habe Angst, mein Herr ... – Guuut, sagte er wieder: Das ist normal. Angst gehört dazu. – Ich will sterben, sagte sie. Er begann sie zu würgen.

Willst du noch mehr?

Er zog ihr Slip und Büstenhalter aus und zog ihr den Slip übern Kopf, so daß sie nichts sehen konnte, nur die Nasenlöcher lagen frei. Mit dem Büstenhalter fesselte er ihre Hände.

Damit du deinen Unterleib riechen kannst ...! Wie gefällt dir das, Baby? Wie fühlst du dich, mmh?, fragte er sie auf einem Bett in New York, während woanders die Trommeln zum Leben erwachten, Handflächen heiß wurden, Kinder sich drehten, Hunde sich gegenseitig begatteten, Menschen aller Nationen in der Dunkelheit im Rhythmus wippten. Seine mütterliche Frau saß zuhause und dachte besorgt an ihn. Eine unsichtbare Nabelschnur zwischen den Kontinenten schloß die beiden zusammen.

Mir dämmert, wozu ich bestimmt bin, hauchte seine Geliebte glückselig.

Heute zeige ich es dir ...!

Gib' mich nie frei ...

Psst. Eine Sklavin spricht nur, wenn sie gefragt wird!

Aber bitte ... Ich will das nicht ... Gib mir den Slip wieder herunter ...

Die eigene Unterhose im Gesicht zu haben, war nicht das Aromatischste, besonders, wenn man sich selbst nicht gern riecht. Reisebekanntschaften zu machen, kann ein Erlebnis sein und hat eine eigene Note. Man ist einander für die Dauer der Reise ausgeliefert unter namenlosen Fremden, aufeinander konzentriert, als wäre alles andere, Menschen, Umgebung, Kulisse, Hintergrund, Beige-

schmack und zweitrangig. Nach der Reise ist der ganze Spuk vorbei oder alles ist wie zuvor. Manchmal auch geht es einem nach einer Reise gleich wie einer Frau nach einem Friseurbesuch, wenn sie verjüngt und erneuert, im Duft des Coiffeurs, durch die Stadt schlendert: Man sieht gleich aus und fühlt sich bloß anders. (Da in dieser Hinsicht sehr viel im Leben Einbildung und subjektives Dafürhalten ist.) Man steigt in die alte Haut zurück und fühlt sich darin recht geborgen (wie nach längerem Schwimmen im Ozean, wenn man sich abtrocknet, der Eindruck der letzten Schwimmstöße aus dem Körper weicht). Manchmal ist alles ganz einfach so, als ob nichts geschehen wäre. Manchmal erscheint die Reise bereits nach kurzer Zeit wie ein Traum, als wäre sie außer Konkurrenz geschehen. Manchmal vergeht sie auch spurlos.
Er zog ihr den Slip herunter und drang tief in sie ein. Sie mußte erst seine Füße, die Fußknöchel küssen. Es erniedrigte, es bezauberte sie. Ihr Leib bebte. Die Haut schien sich zu kräuseln. Sie war in der Spur ihrer Zunge auf ihm. Sie mußte und wollte seine Knie mit der Zunge umkreisen. Ihm gehorchen, bis sein Lustpegel sank, bis sie sich wieder zurücklegen durfte.
Nach der Liebe schlenderten sie Hand in Hand durch New York. Wenn sie aufmüpfig wurde und vergaß, was sie war, eine Sklavin, die im Glück ihres Herren, als dessen Eigentum, aufging, warf er ihr dunkle Blicke zu, die sie erstickten. Liebte sie ihn?
Ja, sagte sie: Herr, ich gehöre dir. Wie ein Abendgebet gestand sie ihm bei fast jeder Gelegenheit ihre Liebe. Und sie wollte nicht hinsehen und zugeben, daß es vielleicht nur auf der Reise so war. Kaum zurückgekehrt, würde sie sogar an Rache denken. Bevor sie dann aus dem Flugzeug stiegen, während seine Frau in einem knöchellangen Sommerkleid, frisch frisiert, langhaarig, brünett, mit Kalbsaugen auf ihn wartete, gab es einen Kuß. Ihren letzten. Sie huschte vor ihm hinaus. Sie trug das Haar hinaufgesteckt, da seine Frau ein Foto von ihr kannte, mit hängendem Haar. Sie trug in der Abenddämmerung eine dunkle Sonnenbrille und Kopfhörer mit Leonard Cohen und schritt an ihr vorbei, die – sobald sie ins Taxi gestiegen sein würde – ihren noch lebendigen Kuß von seinen Lippen empfinge.

Geküßt saß sie im Taxi und erzählte ihre Geschichte dem Chauffeur, der zum Glück nicht entsetzt sein konnte, hatte er selbst seine Exfrau aus Eifersucht mit einer Waffe bedroht und war deshalb abgeführt worden. Schon redete er für sie, und zwischen ihren Beinen, in ihrem kribbelnden Schoß wuchs feuchtwarm ein Pilz ihrer Liebe heran – Souvenir einer Reise.

Daniel Kehlmann
Kritik

Wagenbach ging hastig durch den Gang zwischen den Sitzreihen, fand seinen Platz, schob sich an den Knien seines Nachbarn vorbei und setzte sich. Er schloß sofort die Augen: Er würde sie nicht mehr öffnen, bis er in der Luft sein würde, in der ruhigen Sicherheit der Höhe, so machte er es immer; das und die Beruhigungstablette, die er vor einer halben Stunde geschluckt hatte, halfen ihm, mit seiner Angst fertigzuwerden. Er schloß den Gurt, ohne die Augen zu öffnen, inzwischen konnte er das. Und dann hörte er den Lärm der Motoren und spürte die ungeheure Kraft, die ihn in seinen Sitz drückte und ihn in die Luft schleuderte, ins hohe, ausgespannte Blau des Himmels. Erst als er keine Bewegung mehr fühlte, öffnete er die Augen. Der Himmel schien zu strahlen, die Sonne brannte im Westen, das Land lag grün und undeutlich, wie unter einem Schleier, in der Tiefe.

„Entschuldigung", sagte sein Nachbar und senkte die Zeitung, „sind Sie nicht Wagenbach?" Er war dicklich und hatte einen schwarzen Schnurrbart und dunkle Augen, stark vergrößert durch seine Brille.

„Ja."

„Ach so", sagte der Mann und sah wieder in seine Zeitung. Wagenbach blickte aus dem Fenster. Die Helligkeit beruhigte ihn ein wenig. Er durfte sich nicht zuviel bewegen, er durfte nicht zuviel denken, so konnte er mit der Angst zurechtkommen. Wenigstens war es nur ein Flug von einer Stunde. Aber das bedeutete auch, daß es keinen Film geben würde und allenfalls ein weiches Sandwich.

„Ich habe Sie oft gesehen", sagte sein Nachbar. „Im Theater. Auch im Fernsehen. Diese Sendung, die Sie moderieren. *Musikzeit*, nicht?"

„*Musikstunde*." Wagenbach vermied seinen Blick. Er wollte nicht

mit ihm reden. Er wollte überhaupt nicht reden. Und schon gar nicht mit einem Bewunderer.
„*Musikstunde*, natürlich. Meine Frau sieht das auch immer. Und erst vor zwei Wochen waren wir in *Wer hat Angst vor Virginia Woolf*. Das ist schon ein Zufall, nicht?"
„Wollen Sie", fragte Wagenbach, „ein Autogramm?" Es klang unfreundlicher, als er beabsichtigt hatte. Wie von selbst bewegte seine Hand sich zur Jackettasche, zu den Autogrammkarten.
„Nein, danke. Nein."
Wagenbach stockte und ließ die Hand sinken.
„Wissen Sie", sagte der Mann, „ich bin kein Anhänger."
Wagenbach blickte aus dem Fenster und rührte sich nicht. Die Wolken bildeten längliche und bizarre Gebilde. Er war nicht sicher, ob er richtig gehört hatte.
„Eigentlich", sagte der Mann, „sammle ich Autogramme. Ich habe ein ganzes Album. Aber nein ... nein danke. Nicht unbedingt Ihres. Sehr freundlich von Ihnen."
Er sah wieder in die Zeitung. Dann blätterte er um. Wagenbach rieb sich die Augen. Es war zu hell da draußen.
„Also wenn Sie es wissen wollen", sagte der Mann, „in *Virginia Woolf* fand ich Sie sehr oberflächlich. Sie konnten mit der Rolle kaum etwas anfangen, oder? Ein paarmal sind Sie übrigens richtig gehangen, das hat man gemerkt! Und ihre Gestik – wozu das Gefuchtel? Entschuldigen Sie!"
Er sah wieder in die Zeitung. Er leckte seine Lippen und blätterte um. Wagenbach rieb sich die Augen.
„Meine Frau fand das auch."
Wagenbach räusperte sich. Es klang merkwürdig. Die Motoren hatten ihre Tonlage verändert; für einen Augenblick stieg ein schwindelerregender Anfall von Angst in ihm auf; er atmete tief durch, es wurde besser. Er beschloß, nicht zu antworten.
Der Mann sah auf. „Entschuldigen Sie! Das war nicht höflich von mir!"
„Schon gut", sagte Wagenbach.
„Ich wollte Sie nicht kränken."
„Schon gut", sagte Wagenbach. „Jeder hat – das Recht auf – seinen Geschmack, nicht?"
Der Mann zuckte die Achseln und sah wieder in die Zeitung.

Wagenbach schloß die Augen. Das tat gut: Er fühlte sich eingeschlossen in warme, orange gefärbte Dunkelheit.
„Dilettantisch", sagte die Stimme neben ihm. Er zuckte zusammen.
„Dilettantisch", wiederholte die Stimme. „Vor zwei Monaten in *Wallenstein*. Mein Gott, Sie haben einen Clown aus ihm gemacht, wissen Sie das? Wie sind sie auf diese Idee gekommen? Und ihr Auftritt ..."
„Was ist damit?" rief Wagenbach. Er öffnete die Augen. Er war besonders stolz auf diesen Auftritt, er hatte ihn lange geprobt, er war dafür viel gelobt worden.
„Nichts", sagte der Mann, „nichts. Entschuldigen Sie." Er leckte sich die Lippen und blätterte um.
„Dieser Auftritt", sagte Wagenbach, „war einer meiner besten Momente! Ob Sie es glauben oder nicht!"
Der Mann rückte seine Brille zurecht und sah Wagenbach an. „Doch, das glaube ich schon."
„Was?"
„Daß es einer Ihrer besten Momente war. Das glaube ich Ihnen."
Wagenbach schloß die Augen und wandte sich ab. Er würde sich nicht mehr bewegen. Er würde so tun, als wäre er eingeschlafen. Leider dauerte der Flug nur eine Stunde, und es gab keinen Film und keine Ablenkung. Er wollte nicht diskutieren. Er wollte keinen Streit mit diesem Menschen. Er wollte einfach den Flug überstehen.
„Nach *Wallenstein* habe ich zu meiner Frau gesagt: *Siehst du?* Und sie hat geantwortet: *Oh ja!* Mehr war nicht nötig."
Wagenbach atmete gleichmäßig. Er rührte sich nicht. Er hörte sehr klar die Motorengeräusche, das Murmeln der Passagiere, die Stimme der Stewardess.
„Mein Vater", sagte der Mann, „war auch dort, eine Woche später. Ich habe ihn angerufen und gefragt: *Na?* Und er hat gesagt ..." Er lachte. „Nein, das erzähle ich lieber nicht!" Er hustete. „Bitte entschuldigen Sie! Ich wollte Sie nicht stören." Wagenbach hörte das Rascheln von Papier und dann nichts mehr. Er öffnete einen Spalt breit die Augen. Er sah seine beiden Schuhspitzen und zwischen ihnen den Boden des Flugzeugs. Plötzlich wurde ihm klar, daß darunter nichts war. Nichts. Zehn Kilometer tief: nur Luft und Helligkeit und Leere. Ein Anfall von Panik ließ ihn leise aufstöhnen. Er rieb sich die Schläfen.

„Ist Ihnen nicht gut?“ fragte der Mann.
„Doch“, sagte Wagenbach leise, „doch. Alles in Ordnung ...!“ Er drehte sich nach der Stewardess um, er hätte gerne eine Tasse Kaffee gehabt oder auch etwas Stärkeres, Schnaps ... Aber jetzt war sie nirgendwo zu sehen.
„Soll ich Ihnen etwas zu trinken besorgen? Sie sehen schlecht aus.“
„Nein“, sagte Wagenbach, „es geht schon wieder.“
„Wollen Sie eine Zeitschrift? Ich habe noch eine *Newsweek* ...“
„Nein!“
Der Mann zuckte die Achseln. „Bitte. Wissen Sie, in der letzten Folge von *Melodiestunde* ...“
„*Musikstunde.*“
„... von *Musikstunde* sahen Sie auch etwas krank aus. Meine Frau sagte, ihm wird doch nichts fehlen, und ich sagte, keine Angst, dem nicht, aber jetzt, wo ich Sie aus der Nähe sehe, mache ich mir doch Sorgen ...!“
Wagenbach sah sich um. Wo war die Stewardess?
„Was hat Sie eigentlich dazu gebracht, für diese Sendung zu unterschreiben? Ich meine, ein Schauspieler wie Sie, irgendwie sind Sie doch auch ein Schauspieler, nicht wahr, ich meine *irgendwie*, theoretisch ... Also warum? Wegen dem Geld?“
Wagenbach rieb sich die Augen. Jetzt fiel ihm das Atmen schwer. Er öffnete den Mund, aber seine Stimme gehorchte ihm nicht. Das Flugzeug schien sich zu neigen. Er spürte es ganz deutlich: Es neigte sich.
„Aber warum? Sie verdienen doch auch so genug. Viel zu viel, oder? Ich meine, wozu diese verdammte Raffgier, auf Kosten ihrer Reputation, auf Kosten ... Wissen Sie, wie lächerlich Sie dort wirken? In dieser idiotischen Dekoration?“
„He!“ rief Wagenbach.
Die Stewardess blieb stehen.
„Eine Tasse Kaffee!“
„Tut mir leid, aber wir sind schon im Landeanflug. Ich darf nichts mehr servieren.“
„Bitte“, sagte Wagenbach, „bringen Sie mir eine Tasse Kaffee!“
Sie schüttelte den Kopf. „Tut mir leid. Das sind die Vorschriften.“
„Wissen Sie“, sagte Wagenbach heiser, „wer ich bin?“
„Nein“, sagte sie. Und drehte sich um und ging weiter.

„Hätten Sie es mir doch vorhin gesagt, als ich gefragt habe, da wäre noch Zeit gewesen. Stattdessen versuchen Sie, Stewardessen zu beeindrucken! Glauben Sie, die sieht *Musikstunde?* Glauben Sie, *irgendwer* sieht Musikstunde? Ich meine, diese Sendung wäre sogar ohne Sie schlecht!"
Wagenbach holte Luft. „Ich verbitte mir", schrie er (aber es kam nicht als Schreien heraus, nur als ein seltsames Krächzen), „ihre Beleidigungen, und ..."
„Entschuldigen Sie!" sagte der Mann. „Sie haben völlig recht!" Er blickte Wagenbach an und nahm seine Brille und sah plötzlich sehr bekümmert aus. „Da sitzen Sie im Flugzeug und wollen nicht reden und fühlen sich nicht gut, und nur weil ich kein Anhänger von Ihnen bin, nehme ich mir heraus ... Entschuldigen Sie!"
„Schon gut!"
„Nein, es ist nicht gut, es ist eine Unverschämtheit, es ist ..."
„Bitte", flüsterte Wagenbach, „lassen Sie mich in Ruhe!"
Über ihm leuchtete das Rauchverbotszeichen auf. Die Stewardess ging sehr schnell vorbei. Zu schnell. Etwas schien nicht in Ordnung zu sein.
„Einmal", sagte der Mann, „fand ich Sie sogar gut. Ziemlich gut. Für Ihre Verhältnisse. Das war in *Nathan der Weise*, vor fünf Jahren, als Sie den Tempelritter gespielt haben. Das war eine Rolle, die nicht einmal ... Soll ich Ihnen mit dem Gurt helfen? ... nicht einmal Sie verderben konnten." Wagenbach tastete nach seinem Gurt und schloß ihn. Er spürte, wie die Maschine sank; er sah, wie die Spielzeuglandschaft unter dem Fenster sich näherte; die Häuser wuchsen, nahmen kompliziertere Formen an; die Motoren schienen lauter zu werden; ein Hubschrauber raste unter ihnen vorbei; das Flugzeug schwankte. Seine Angst schnürte ihm den Atem ab.
„Nicht einmal ein dilettantischer, unbegabter, vollständig unbegabter, nicht einmal ein Laiendarsteller wie Sie, der ..."
Wagenbach beugte sich vor. Seine Stirn berührte die Sitzlehne vor ihm. Er hatte die Augen geschlossen. Die Motoren brüllten. War das der Absturz?
„... nicht einmal seinen Text lernen kann, der nicht zwei Sätze, ach was sage ich, nicht einmal ... Unbegabt wie ein Stein!"
Und dann spürte er einen Schlag von unten, gegen den Boden der Maschine, und ihm war, als wäre alles vorbei, alles, für immer. –

„Und sogar zu blöd, um seinen Text zu lernen! Früher habe ich abgeschaltet, wenn Sie im Fernsehen waren, jetzt schalte ich extra ein! Es ist so komisch! So *komisch* ...!"
Wagenbach sah aus dem Fenster; und dort, neben ihm, lief schon die Landebahn vorbei, die länglichen gelben Linien, und sie wurden langsamer, und das Flugzeug bremste und bremste stärker; er spürte die Kraft, die ihn aus seinem Sitz in den Gurt drückte.
„Vertrottelt und unbegabt!" sagte der Mann. „Lächerlich und völlig unbegabt!"
Und dann standen sie. Wagenbach rieb sich die Augen und begriff allmählich, daß es vorbei war. Daß er lebte. Er beugte sich vor, und dann, mit einem Ruck, stand er auf. Der Boden schien zu schwanken. Sein Nachbar sah zu ihm auf: Sein Schnurrbart glänzte feucht. Seine Haare sahen zerwühlt aus, seine Augen waren schwarz und rund. „Bitte", sagte er, „entschuldigen Sie!"
„Was?"
„Bitte entschuldigen Sie! Ich habe mich unmöglich benommen!"
„Lassen Sie mich durch", sagte Wagenbach. Er schob sich an ihm vorbei und ging zur Tür: Er war der erste, und sie war noch verschlossen, und er mußte warten.
„Das war eine tolle Landung", sagte die Stewardess, „nicht? Sanft wie im Lehrbuch!"
Dann öffnete sich die Tür, und er konnte hinaus. Ihm war immer noch schwindlig. Er atmete tief ein und aus und ging so schnell er konnte: durch einen, durch noch einen Gang, durch die spiegelnden Hallen, zur Gepäckausgabe. Das Förderband trug einen fremden Koffer nach dem anderen vorbei. Und da war seiner; – er griff zu, riß ihn an sich und ging auf den Ausgang zu. Zwei Türflügel öffneten sich automatisch.
Da spürte er eine Berührung; er fuhr herum, jemand hatte ihm die Hand auf die Schulter gelegt. Es war der Mann aus dem Flugzeug. Sein Nachbar.
„Wissen Sie", sagte er, „es ist die Angst. Die Flugangst. Sie ist fürchterlich. Ich weiß überhaupt nicht, was ich tun soll, ich ... Und da mache ich eben manchmal ... Verstehen Sie?"
„Nehmen Sie", sagte Wagenbach, „Ihre Hand weg!"
Der Mann trat einen Schritt zurück. „Und im Grunde finde ich Sie gar nicht schlecht. Nicht so schlecht. Zum Beispiel in *Virginia*

Woolf. Auch nicht direkt gut natürlich, aber immerhin ... Also im zweiten Akt waren Sie nicht so übel! Obwohl ...“

Wagenbach drehte sich um und hob die Hand. Aber kein Taxi hielt.

„Obwohl Sie zwei- oder dreimal in die falsche Textpassage gekommen sind, und als Sie es dann korrigieren wollten ...“

Und da hielt doch ein Taxi. Er riß die Tür auf, sprang ins Auto und nannte den Namen seines Hotels. Sie fuhren los; Wagenbach unterdrückte den Wunsch, sich umzudrehen. Er rieb sich die Stirn. Er hatte Kopfschmerzen. Am Straßenrand waren Gebäude, aber sie sahen alle gleich aus und fremd und uninteressant.

Das Hotelzimmer kam ihm klein und unbequem vor. Er stellte den Koffer ab, überlegte und griff nach dem Telefonhörer. Er zögerte ein paar Sekunden, dann wählte er, auswendig, die Nummer seines Agenten.

„Hallo“, sagte er, „ich bin es. Ja, ich bin angekommen. Also, was haben wir für Termine?“

Eine Minute lang hörte er zu. Eine erregte, elektrisch verzerrte Stimme sprach auf ihn ein. Er senkte den Hörer und sah aus dem Fenster. Am Straßenrand stand ein Baum, und ein einzelnes dickes Kind spielte unbeholfen mit einem Fußball.

„Ja“, sagte er dann, „ich verstehe. Ich verstehe. Eine Frage.“ Das Kind trat gegen den Ball, er rollte davon, prallte gegen den Baum und blieb liegen; das Kind starrte ihn hilflos an. Ein Taxi fuhr vor und hielt, jemand stieg aus, Wagenbach wandte sich schnell ab.

„Eine Frage. Können wir noch absagen?“

Susanne Friedmann
Lady Di und der Heilige Georg

Ein jugendlicher Held

Es war einmal ein Mädchen von 23 Jahren. Es hieß Lady Di und war anscheinend glücklich mit Prinz Charles, dem Sohn der englischen Königin, verheiratet ...
Das junge Paar plante eine Italienreise.
„*La Nazione*", die Tageszeitung von Florenz, begann, zunächst sehr sacht, die Vorfreude zu schüren. Die erste Kunde erreichte Florenz am 16. März: Lady Diana und *il principe* planten für April eine Italienreise, hieß es ganz generell. Kurz darauf wurde der erste Termin angegeben. Am 22. April würden sie in La Spezia ankommen und dort ihre Reise beginnen. In diesem Stadium konnte „*La Nazione*" schon von einer *mobilitazione generale*, einer Generalmobilmachung der Land- und Wasserkräfte in La Spezia berichten, wobei die Marine am meisten zu bewältigen hätte, da sie die Yacht „Britannia" aufnehmen sollte, auf der das Prinzenpaar reisen würde. Außerdem wurde die Helikopterbasis von San Lazzaro mobilisiert für den Fall, daß das Pärchen sich über Land bewegen wollte. Dann der Nachsatz, der Florenz erbeben ließ: „*C'é chi dice* ... es gibt Leute, die sagen, daß *lo sportivissimo Carlo e la sua luminosa metà*, daß der supersportliche Charles und seine strahlende zweite Hälfte vielleicht auch einen Abstecher nach Florenz machen könnten ..."
Die ersten Offiziere der Royal Airforce trafen in La Spezia ein, um, zusammen mit den höchsten Hierarchien der italienischen Marine, einen streng geheimen Sicherheitsplan auszuarbeiten. Auch von der vorgesehenen Reiseroute durch Italien drang kein Sterbenswörtchen nach draußen.
Erst in der Zeitung vom 6. April dann das endgültige Ja-Wort und das genaue Datum unter einem Photo von Diana im Abendkleid. „*Arrivano Carlo e Diana! In funzione telefono rosso tra Palazzo Vecchio e Londra!*" Sie kommen tatsächlich nach Florenz, schreibt „*La Nazione*" begeistert, das rote Telephon zwischen Palazzo Vecchio,

dem Rathaus von Florenz, und London sei geschaltet. Ganze drei Tage lang, vom 23. bis 25. April, würde sich das Paar in der Hauptstadt der Toskana aufhalten! Und aus London reisten die ersten *segugi*, die Spürhunde, die Detektive an, um die Stadt zu inspizieren.

Ich erinnere mich sehr genau daran, daß Florenz fast Kopf stand. Jeder einzelne Florentiner fühlte sich persönlich als Gastgeber auserwählt. Man vibrierte in freudiger Erwartung. Deshalb wurden die Bars geschrubbt, die Böden der Kirchen blankgescheuert, die Altäre abgestaubt, die Brunnen geputzt, die Restaurierung und Säuberung der „Primavera" von Botticelli wurde im Eiltempo beendet und das Meisterwerk wiederum in die Uffizien gehängt, um es der Prinzessin zeigen zu können.

Der Direktor der Museen von Florenz arbeitete ein spezielles Besichtigungsprogramm aus, die Straßenkehrer fegten die Gosse mit ungeahnter Innigkeit, der Bürgermeister von Florenz saß in seiner Amtsstube im Palazzo Vecchio, nagte unter den strengen Fresko-Blicken von Papst Clemens VII. am Bleistift und feilte an seinen Begrüßungsworten. Italiener sind ja in ihrer eigenen Sprache unvergleichlich gewandt und wortgewaltig, doch nahezu außerstande, andere Sprachen zu sprechen, wobei das Englische für sie mit zu den schwersten Übungen zählt!

Es sei an dieser Stelle vorausgreifend verraten, daß der damalige Florentiner Bürgermeister Lando Conti schließlich mit folgenden Begrüßungsworten in die Geschichte des Jahrhunderts einging: „*Welcome to Florence. Siamo molto contenti di avervi nella nostra città!*" „Welcome to Florence. Wir freuen uns sehr, Sie in unserer Stadt zu haben!" Ach, auch egal, *non importa*, lieber ein perfektes Florentinisch als ein schlechtes Englisch!

Man würde Lady Diana eben einen sympathischen Empfang *all' italiana* bereiten, an den sie sich ihr Leben lang erinnern sollte! Man würde sie wie ein rohes Ei behandeln, sie umsichtig beschützen, auf Händen tragen, man würde ihr alles, was man hatte, Dom, David und Dante, garniert mit den Herzen der Florentiner, zu Füßen legen, und man würde vor den Augen der Weltöffentlichkeit eine *bella figura*, einen guten, wenn nicht gar *un' ottima figura*, einen hervorragenden Eindruck machen! *Il sindaco Lando Conti* erklärte den Bürgern seiner Stadt, er werde seine „tiefe republikanische

Überzeugung für ein paar Tage in einer Kiste verstauen", da es ihm eine große Befriedigung bedeute, die Vertreter der englischen Monarchie in der Hauptstadt der Toskana begrüßen zu dürfen. „Daß Lady Diana und *il principe Carlo* von einer 14tägigen Italienreise ganze drei Tage für Firenze vorgesehen haben", sagte er damals, „ist ein Zeichen für die traditionell hohe Wertschätzung, die unsere Stadt im Hause Windsor genießt!"

Sämtliche Florentiner Mütter erbebten bei dem Gedanken daran, daß sie bald eine leibhaftige Prinzessin zu Gesicht bekommen würden, eine, die noch vor gar nicht langer Zeit auch nichts anderes gewesen war als ein Mädchen aus gutem Haus, ganz so wie ihre eigenen Töchter!

„*Non è solo una vera Principessa*", ergänzten die Männer, „*ma anche una v e r a bionda!*" Lady Di war echtblond!

Kein Mensch machte sich Gedanken über Prinz Charles. Die Florentiner konstatierten nur, und beneideten ihn gleichzeitig darum, daß er etwas zu alt für „ihre" Prinzessin sei, vor allem aber fanden sie ihn häßlich, *brutto come il diavolo*, oder *rozzo*, ungehobelt, roh, und das war in ihren Augen das Schlimmste, was man einer Frau, einer Prinzessin zumal, antun konnte. Zugleich gab diese Einschätzung allen Männern der Stadt die Möglichkeit, sich selbst mit ihren manikürten Händen als einen im Grund geeigneten Partner an die Seite der Prinzessin zu träumen. An Selbstbewußtsein hat es den Florentinern noch nie gemangelt.

Vor allem aber wäre Florenz endlich einmal wieder für internationale Schlagzeilen gut, nachdem der einzige Prominente, der in den letzten Jahren die europäische Öffentlichkeit interessiert hatte, der Pärchenmörder gewesen war. *Il mostro di Firenze*, der arglos Liebende in der Umgebung von Florenz meuchelte, und, des Grauens nicht genug, als Trophäe stets den Schamhaarskalp seiner Opfer mit sich fortnahm. Man hatte ihn noch immer nicht gefaßt. Nun aber würde es wieder schöne Nachrichten geben aus Florenz!

Am 2. April vermeldete „*La Nazione*", für das königliche Paar werde die Italientour sicherlich zu einer Art zweiter Hochzeitsreise werden, für die Sicherheitsdienste aber bedeute sie eine Art Alptraum. Denn Tausende Italiener würden das Paar begrüßen wollen! Und, so reportiert „*La Nazione*" das Mißtrauen des englischen Hofes: „Werden die italienischen Bewunderer ihre Sympathiebe-

kundungen in den engen Bahnen des Protokolls zu halten wissen?"
Aufgrund dieser Ängste wurden neben den üblichen Sicherheitsdiensten noch extra Leibwächter in Zivil eingesetzt. „Wir sind sehr viel besorgter wegen der Latin Lovers als wegen der Terroristen", gestand ein Beamter der königlichen Eskorte und erläuterte: „Qualche Romeo dal sangue caldo, irgendein heißblütiger Romeo könnte versuchen, im Vorübergehen die Hände nach der Prinzessin auszustrecken, und unsere Aufgabe wird es sein, seine übermäßige Glut abzukühlen!"
Der englische Hof hatte höllische Angst vor den italienischen Paparazzi, den schamlosesten Photoreportern der Welt, und deckte Lady Diana mit Ratschlägen ein, wie sie es verhindern könnte, sich irgendwo irgendeine Blöße zu geben, auf die sich die italienischen Photographen mit südlichem Eifer stürzen würden. Das führte dazu, daß Lady Di dann in der Mailänder Scala nicht, wie erwartet und erhofft, schulterfrei erschien, sondern mit langen Ärmeln! Ein Seufzer der Enttäuschung, ja es grenzte an nationale Empörung, lief den italienischen Stiefel hinunter und wieder hinauf, und irgendwer brachte die Prinzessin sogar dazu, sich zu rechtfertigen: Wenn sie tief dekolletiert gekommen wäre, erklärte sie, hätten die vielen Italiener, denen sie die Hand geben mußte, vielleicht nicht gewußt, wo sie hinfassen sollten, oder im Gedränge hätte jemand ihre nackte Haut berührt, und das wäre doch sehr peinlich gewesen. „*La Nazione*" schrie auf: „*Ma come veste questa principessa!* Wie zieht sich diese Prinzessin bloß an!"
Lord Snowdon hatte aus Anlaß der Italienreise extra eines seiner netten, spießigen Portraits des Paares angefertigt, das offizielle „Reisephoto", mit dem die italienische Presse abgespeist wurde, die sich von den Sicherheitsdiensten und dem Pressedienst, *servizio stampa*, der vom Buckingham Palast aus gesteuert wurde, sowieso schon unmäßig geknebelt fühlte.
Vier Detektive von Scotland Yard, die Herren Colin Trimming, Graham Smith, Alan Peters und Tony Parker, die wir in „*La Nazione*" namentlich vorgestellt bekamen, reisten an, besichtigten und untersuchten alle Orte, die das Prinzenpaar betreten würde, vorab und hatten den Spezialauftrag, Lady Diana vor möglichen Attentätern zu schützen, versprachen aber, so diskret wie möglich zu arbeiten.

Bleibt noch zu erwähnen, daß die Gestaltung des Speiseplans für die hohen Gäste einige Probleme mit sich brachte. Denn während der ganzen 14 Tage, die Lady Di und Prinz Charles in Italien verbrachten, durfte ja keines der gebotenen Menüs einem anderen gleichen. Und das war umso schwieriger zu arrangieren, als *il gusto spartanico*, der spartanische Geschmack des Paares, die Italiener nicht zu voller Form auflaufen ließ. Prinz Charles und seine Frau ernährten sich fast ausschließlich vegetarisch! Also gab es auch beim Festbankett in Florenz, das im Liliensaal des Palazzo Vecchio stattfand, keine *bistecca fiorentina*, das berühmte rund 250 Gramm schwere Rindersteak, sondern eine weitere der zahllosen Varianten aus Fisch und Gemüse und Melonenbällchen zum Nachtisch.
In diesem ganzen aufgeregten Vorbereitungstrubel setzten die Florentiner Museumswärter gekonnt ihren Hebel an. Soeben war nämlich beschlossen worden, die Museen der Stadt nachmittags zu schließen, um Stellen einzusparen. Nun drohten die Museumswärter einen Generalstreik für den 24. April an: „*I musei di Firenze chiusi per Lady Diana?*" titelte „*La Nazione*". Aber nein: Soweit kam es nicht. Die Forderungen wurden umgehend erfüllt, und das Ministerium stellte sogar gleich 200 neue Museumswärter ein: *Grazie, Diana!*
„*Domani a Firenze!* Morgen in Florenz!" heißt es schließlich am 21. April. Der Marchese Emilio Pucci von Florenz, der zu Ehren des Prinzenpaares ein Abendessen veranstalten wird, nimmt die Gelegenheit wahr, seinen Mitbürgern ein letztes Mal ins Gewissen zu reden: „Ich hoffe sehr, daß es den Florentinern gelingen wird, sich auf sympathischste und würdigste Weise ins Gedächtnis des hohen Besuchs einzugraben!"
Schließlich und endlich: „*Carlo e Diana sono fra noi!* Sie sind unter uns!" Am 22. April 1985 um 15 Uhr 40 wurden Charles und Diana vom Präfekten Mannani und vom Bürgermeister Conti am Flughafen Perétola empfangen, nachdem das Prinzenpaar den Vormittag noch mit Staatspräsident Cossiga auf Sardinien verbracht hatte. Nun durfte Stefano Conti, der jüngste Sohn des Florentiner Bürgermeisters, Lady Diana ein Rosensträußchen überreichen, Lando Conti sagte seinen schicksalsschweren Begrüßungssatz, und dann geleitete er Lady Di und Prinz Charles im Repräsentations-Maserati zur Villa La Pietra, in der Sir Harold Acton lebt, bei dem die

englischen Gäste während des Florenzaufenthalts Wohnung fanden. Bemerkenswertes Detail am Rande: Sir Acton ist nur einer von rund 3000 Engländern, die sich rund um Florenz in einer kleinen Kronkolonie niedergelassen haben.

Fast unmittelbar unter den Schnappschuß, der am folgenden Tag die Ankunft von Charles und Diana in der Zeitung dokumentierte, hat ein unbedachter Setzer folgenden Aufruf plaziert: „*Attenti al mostro!* Vorsicht vor dem Monster! Der Oberstaatsanwalt empfiehlt allen Pärchen: Isoliert euch nicht!“

Während all dies geschah, wohnte ich bei Giovanna, einer Malerin. Wie so viele junge Leute hatte sie von ihren Eltern eine kleine Eigentumswohnung gekauft bekommen, da es fast unmöglich war, in Florenz eine Wohnung zur Miete zu finden.

Extrem mieterfreundliche Gesetze hatten den Eigentümern die Lust am Vermieten so gründlich verdorben, daß Wohnungen eigentlich nur noch zum Kauf angeboten wurden.

Giovanna vermietete nun – ohne Vertrag – eines ihrer Zimmer unter und verdiente sich auf diese Weise etwas zum Leben. Ihr Diplom hatte sie an der Kunstakademie abgelegt und sich bislang mit Zeichenunterricht durchgeschlagen, den sie an freien Kunstschulen anbot. Sie war eine hochtalentierte Künstlerin mit einer Vorliebe für Frauen in ihrem Leben und für weibliche Körperformen in ihrer Kunst. Das Zimmer in ihrer Wohnung hatte ich allein dem Umstand zu verdanken, daß ich zufällig einer verflossenen Liebe ähnlich sah.

Wenn ich mich morgens mühsam aus den Federn gequält hatte und in die gemeinsame Küche tappte, um mir einen *espresso* zu kochen, saß Giovanna schon fertig angezogen und perfekt geschminkt am Küchentisch, hatte eine lange Menthol-Zigarette zwischen den Lippen und arbeitete.

Für das Istituto Conte Guelfi, das seinen Sitz in einem düsteren Palazzo hinter Santa Croce hatte, fertigte sie Zeichnungen an. Dieses Institut war und ist darauf spezialisiert, Ahnenforschung zu betreiben. Daneben lag ein zweites, das Istituto Araldico Coccia, das auf dieselbe Dienstleistung spezialisiert war und ebenfalls bis heute ausgezeichnet davon lebt. Vor Anfragen aus Florentiner Kreisen, aber auch von Ausländern, die nach ihren Florentiner Wurzeln fahndeten, konnte sich das Istituto Guelfi kaum retten.

Anhand alter Stadt- und Kirchendokumente wurden die Familien über viele Generationen zurückverfolgt, und fast immer stieß man irgendwo auf adlige Vorfahren. Es war kaum zu glauben: halb Florenz war demnach *nobile*. Und selbst wenn sich keinerlei Adel ausmachen ließ, dann spürte man doch irgendein Familienwappen auf, und wenn auch das nicht zu finden war, so hatte man ja Giovanna engagiert, deren künstlerischer Genius den Mangel an historischen Zeugnissen wettmachte. Sie malte und erfand, falls erforderlich, Wappenbilder. Auf unserem Küchentisch entstanden die hübschesten bunten Kombinationen aus kleinen Monden und Sternen und ein ganzer Zoo aus winzigen Löwen, Hermelinen, Wölfen, Leoparden, Schwänen – was sich halt so für Wappen eignete –, dazu bunte Streifen, Schachbrettmuster, gekreuzte Schwerter in Silber und Gold.
Giovanna arbeitete konzentriert und sauber mit dünnen Marderhaarpinseln auf gelblich getöntem Papier. Die Klienten des Heraldik-Institutes erhielten, wenn sie das wünschten, zu einer neutralen Urkunde ihre Familienwappen in Schwarz-Weiß oder in Farbe. Giovanna erklärte mir, sie wünschten es immer farbig, um es sich hinter Glas in den Flur zu hängen. Die aktuellen Preise für ein Familienwappen in Postkartengröße belaufen sich heute auf 120.000 Lire in Schwarz-Weiß und 170.000 Lire in Farbe. Für einen Nobilitätsnachweis mit Wappen und Stammbaum, handschriftlich, in gebundener Form, muß man derzeit knapp 500.000.000 Lire ausgeben. Will man den Text auf englisch, legt man noch einmal 500.000 Lire drauf.
Giovanna verdiente damals an einem Blatt 12.000 Lire. Sie mußte sich also ordentlich ranhalten, um genügend Geld im Monat zusammenzukriegen, und das tat sie. Sie hatte schon fast zwei Stunden gearbeitet, bevor sie ihren zweiten *espresso* mit mir zusammen trank. Dabei berichtete sie mir ausführlich von ihren nächtlichen Träumen, analysierte sie mit verschiedenen Interpretationsansätzen und erklärte mir dann, welche Gestirnkonstellation gerade über ihrem Haupt dräute und welcher Planetentransit dafür verantwortlich war, daß sie heute so oder so gelaunt war. Die eher mechanische Produktion von Wappenbildern ließ ihr genügend inneren Spielraum, sich intensiv mit der Entwicklung ihres Ego zu befassen.

An jenem denkwürdigen Tag hatte Giovanna ihre gemalten Wappenbilder mittags im Institut abzuliefern. Zuvor kochte sie sich noch eine dicke Kartoffel und aß sie zusammen mit etwas Mailänder Salami, die sie zärtlich *salamino* nannte, zu Mittag. Dann gingen wir gemeinsam ins *centro*, weil ich in der Biblioteca Nazionale, die gerade neben Santa Croce liegt, ein paar alte Manuskripte durchzusehen hatte.

Die Innenstadt war gestopft voll. Prinzessin Diana und Prinz Charles befanden sich auf Besichtigungstour in der Innenstadt! Natürlich waren Giovanna und ich damals noch viel zu cool, um uns für Prominenz aus obsoleten Gesellschaftsformen zu erwärmen, doch kurz bevor sich die Piazza Santa Croce öffnete, gerieten wir in einen Sog, aus dem wir uns nicht mehr befreien konnten, eine gewaltige, drängende Menge Schaulustiger, die uns durch eine enge Gasse vorwärtsschob, bis sie sich auf die riesige Piazza vor der Franziskanerkirche ergoß. Wir versuchten weiterzukommen, ergaben uns aber auf halber Strecke in das Schicksal, auch nur ein Teil der anonymen Masse Mensch zu sein, blieben stehen und warteten wie alle anderen.

„*Sono già dentro!*" klärte uns eine ältere Dame auf. Ihre Augen funkelten. Sie hatte ihr Lederwarengeschäft geschlossen und stand vor der Ladentür auf einer Bank, die sie ein wenig über die Menschenmenge erhob. Lady Diana und Prinz Charles befanden sich also bereits in der Kirche von Santa Croce. Die Portale waren hermetisch verschlossen. Auf dem Treppenabsatz davor patrouillierte ein Sicherheitsbeamter. Die Sache zog sich ziemlich in die Länge, während sich das Volk mit Florentiner Liedern, lautem Geschwatze und kleinen Tanzeinlagen die Zeit vertrieb. Im Mittelalter waren auf diesem Platz Ritterturniere abgehalten worden, seit der Zeit der Renaissance versammelten sich hier im Juni dreimal die Kämpfer des Santa-Croce-Viertels für den traditionellen *calcio storico fiorentino*, ein rüdes Ballspiel in historischen Kostümen, ursprünglich ein Kräftemessen der adeligen Jugend, das regelmäßig in riesige Prügeleien ausartet, so daß es immer wieder mal verboten werden muß. Und die Medicifürsten haben auf diesem größten Platz von Florenz an *carnevale* ihre *trionfi*, Triumphzüge, mit dekorierten Wagen veranstaltet, auf denen verkleidete Florentiner komplizierte philosophische Allegorien darstellten. Wenn das Massenwarten heute Volksfest-Charakter annahm, so hatte das also seine historisch begründete Richtigkeit, zumal die weite Fläche sonst fast immer brachliegt und nur von ein paar *ragazzi* aus dem *quartiere di Santa Croce* zum Fußball- oder Frisbee-Spielen genutzt wird.

„Vielleicht ist Lady Di ja gar nicht in der Kirche drin“, bemerkte ich ketzerisch zu Giovanna, „und es war alles nur eine Finte von Scotland Yard, um die Leute abzulenken?“

Ein junger Mann drehte sich neugierig zu uns um. Er wisse genau, daß sie drin sei, sagte er mit Nachdruck. Ich wäre wohl Ausländerin? Und umgehend eröffnete er das Ritual des kleinen Flirts, der von diesem netten Interesse, das Italiener grundsätzlich fremden Menschen entgegenbringen, getragen war. Er war etwas jünger als wir, vielleicht Mitte zwanzig. Großgewachsen, kräftig, hübsch, mit einem Kindergesicht und weichen Locken. Als er hörte, daß ich aus Deutschland kam, aber Italienisch sprach, machte er mir die üblichen Komplimente, die man hier so großzügig geschenkt bekommt, selbst wenn man die Landessprache nur radebrechen kann. Er heiße Enrico, erklärte er, und sei in offiziellem Auftrag hier: „Polizei!“ Er senkte seine Stimme. Er sei als *guardia del corpo* von Lady Diana eingeteilt worden. Ich glaubte ihm kein Wort. Welcher echte Bodygard würde, bitteschön, seine geheime Mission zwei wildfremdem Frauen auf die Nase binden? „*É vero!*“ insistierte der Junge und grinste. „Wollt ihr mal mein *pistoletto* sehen?“

Alles klar: Ein Schwein, ein Exhibitionist! Ich wendete mich entsetzt ab, während er an seinem Jacket herumfummelte.

Giovanna sah ihn unbeeindruckt an und dann stieß sie mich in die Seite. Der Junge hatte sich dicht vor uns postiert, die Jackethälften wie Flügel auseinandergebreitet, und darunter schimmerten matt zwei gefährliche Revolver im Schultergurt. Einer unter der linken Achsel, der andere auf Hüfthöhe. Ich schnappte nach Luft. Vielleicht war er ein Verrückter, womöglich war er das lange gesuchte Monster von Florenz, der Pärchenmörder, der es nun auf das Prinzenpaar abgesehen hatte! Oder er würde in der Menschenmenge Amok laufen, würde gleich ein riesiges Blutbad anrichten, die Piazza Santa Croce ein rotes Meer ...! Vielleicht aber war er auch nur auf Touristenjagd und hatte sich deshalb bei mir schon mal vorsorglich nach meiner Herkunft erkundigt?

Ich versuchte mich heimlich von ihm wegzubewegen, aber die Menschenmenge verstellte mir den Fluchtweg. Giovanna blieb völlig gelassen. Wahrscheinlich hatte sie morgens in den Sternen gelesen, daß das Schicksal für mich heute das Ende meines irdischen Daseins vorherbestimmt hatte, es mir aber aus Rücksicht nicht mitgeteilt, damit ich meine letzten Stunden noch unbeschwert genießen konnte.
Ein Aufschrei lief durch die Menge: Das Kirchenportal wurde aufgeschoben, und klein wie Zwerge erschienen in der riesigen schwarzen Maueröffnung Lady Diana, Prinz Charles, der Bürgermeister von Florenz und noch ein Begleiter, wahrscheinlich der Direktor der Florentiner Museen, und Maria Fossi Todorov, die die kunstgeschichtlichen Führungen übernommen hatte. Ich konnte die Zähne des Bürgermeisters blitzen sehen, der seinen Mund vor lauter Begeisterung nicht mehr zubekam. Florenz klatschte Beifall, hopste in die Höhe, in einer Ecke wurde mit diesem unglaublichen Akzent „God save the Queen" angestimmt und wieder abgebrochen, einzelne Schreie „Diana, I love you!", „*ti amo*, Diana!" stiegen in den Himmel, „Diana, *sei splendida!* du bist wunderbar!" Lady Diana, die nicht nur ihren Mann, sondern auch den Bürgermeister von Florenz weit überragte, winkte und lächelte so süß, daß unsere Coolness im Nu dahingeschmolzen war.
Dann ging alles sehr schnell. Der schwarze Maserati war vorgefahren. Das Prinzenpaar stieg ein, der Wagen fuhr zügig los und nahm Kurs auf die Seite, an der wir standen.
Eine feste, entschlossene Hand schob mich zur Seite. Es war Enrico! Er hatte jetzt seine Augen überall, die Hand am Jackenrand. Er machte Platz für Lady Diana. Er kontrollierte die Menschen, ihre Hände, ein Blick hoch zum Fenster des Palazzos hinter uns, wo ein Kollege saß, der Wagen näherte sich langsam, Enrico ging dicht heran, lief eine Strecke nebenher, schützend und abwehrend, ja kampfbereit. Sein Blick war so wach, so konzentriert! Bei der geringsten Gefahr würde er sich vor die Prinzessin werfen, würde sich klaglos die Brust durchlöchern lassen. Enrico war ein Held. Jung, naiv und todesmutig.
Ich war so gebannt von Enricos Einsatz, daß ich von Lady Diana und Prinz Charles, die ganz dicht an uns vorüberfuhren, nur einen flüchtigen Eindruck erhaschte. Die Lederwarenverkäuferin aber

hatte sie mit ihrem kleinen Photoapparat verewigt und versprach mir einen Abzug.
Jetzt, nach Lady Dianas Tod, muß ich oft an Enrico denken. Wie schade, daß sie ihn nie kennengelernt hat! Sie hätte ihn in Dauerstellung übernehmen sollen, denn ohne Bedenken hätte er sein Leben für sie hingegeben. Jederzeit. Und wer weiß, ob nicht ihr ganzes Leben eine andere Wendung genommen hätte?
Ich habe Enrico nie wiedergesehen.
Als ich aber kürzlich von der Via Calzaiuoli rechts abbog, stand er plötzlich in einer Marmornische der Kirche Orsanmichele vor mir. Ich war mir ganz sicher. Er hat sich in all den Jahren überhaupt nicht verändert: Dieselbe Jugend, dieser naive Ausdruck, die kindlichen Locken und diese männlich entschlossene, ritterliche Haltung. Nur hatte er Jeans und modisches Jacket abgelegt und war in eine Rüstung des 15. Jahrhunderts geschlüpft, und seine Heldentat, die Errettung der schönen Prinzessin vor dem Drachen, war, ihm zu Füßen, in Marmor gemeißelt: der Heilige Georg (1416) von Donatello!

Martin Amanshauser
Olsen im Jabalí

Mir sind Menschen unheimlich, die ihre Fußabstreifer monatlich reinigen lassen und denen niemals der Reis anbrennt. Vielleicht hat mich Olsen deshalb von Beginn an fasziniert. Mit seinen dunklen Augen und den breiten Schultern im Jeanshemd gefiel er mir sofort. Im öden Kaff Valence – dort sah ich ihn zum ersten Mal – kam er mir vor wie ein Bergarbeiter, der sich feierabends ein paar Studenten reinzieht: der sie zuerst mit einem Bericht über Schopenhauers Leben verblüfft, dann zwei drei Bier zuviel trinkt, und ihnen schließlich aufs Maul haut.
Ein Studienmonat in Valence, das hatte eigentlich vielversprechend geklungen. Meine Tante zahlte die Kursgebühr beim Sprachinstitut *Multilingua*. Ich sollte mein Französisch aufbessern, laut ihrer Expertenmeinung die angemessene sommerliche Beschäftigung für eine Psychologiestudentin vor dem dritten Semester. Doch mein Französisch kam nie so recht in Schwung. Vor allem, weil ich meine ganze Energie dafür verausgabte, mir die beiden Steirer Alf und Roman vom Leib zu halten. Die sahen das einzige „britische Pub" der Stadt mit dem beschissenen Namen *Chez Jim* als ideales Sprungbrett für eine Liebesnacht mit mir an. Wir drei waren die einzigen Österreicher – und so umkreisten mich Alf und Roman wie lästige Satelliten. Je mehr ich sie abzustoßen versuchte, umso stärker fühlte ich irgendwo da draußen ihre Anwesenheit. Die beiden schienen unabhängig voneinander zu allem bereit – wenn der eine austreten ging, gestand mir der andere seine Liebe und umgekehrt. Sie überhäuften mich mit einer Flut von Adressen und Gegenadressen in Leoben und Umgebung, alle für den Fall, daß ihre Werbung in Valence scheitern würde.
Ein paar Mal war ich ihnen ins Valencer Nachtleben entwischt, aber die Bars im Zentrum, die so ähnlich wie *Chez Marcel* oder *Chez Jacques* hießen, waren kein Honiglecken. Dort beschnüffelte mich

spätestens nach einer halben Stunde der erste Zuhälterhund, und am Ende stand jedesmal ein doppelter Whisky vor mir, den ich nicht bestellt hatte, der aber irgendwie mit einem fetten Kerl an der Bar zusammenhing, der gutgelaunt und schnurrbärtig herüberblinzelte. Kurz, Valence war ein ziemlich schreckliches Nest, noch eine Stufe schrecklicher als meine Steirer, weil man es nicht abschütteln konnte. Ich brauchte einen wie Olsen dazu. Erst mit seinem Auftauchen wurde mir klar, wie leicht sich der Prozeß des Abschüttelns in Gang bringen ließ.

Ich hatte ihn vorher noch nie gesehen. Aber als er an diesem Abend ins *Chez Jim* trat und sich ganz ungezwungen an unseren Stammtisch hinter der Glasfront setzte, wußte ich gefühlsmäßig: der ist kein normaler Kursbesucher. Obwohl er wie alle den regenbogenfarbenen Stundenplan von *Multilingua* unter dem Arm trug. Er legte den Plan lässig aufs Fensterbrett zwischen die Blumentöpfe. Als Hintergrund muß man sich die Gespräche von Sprachstudenten vorstellen: die drehen sich in erster Linie um Sprachen: Wer kann welche Sprache von woher und wie gut. Vorgetragen wird der Sermon auf Englisch, einer plappert, und die anderen werfen nickend „yeah ... yeah" ein. Olsen saß zurückgelehnt und entspannt da, als würde er täglich am *Multilingua*-Stammtisch sitzen. Als sich dann endlich jemand aufraffte, ihn zu fragen, von wo er denn eigentlich sei und was denn eigentlich er so mache, antwortete er lässig, er gehöre der dänischen Minderheit in Schleswig-Holstein an und arbeite für eine dänische Reifenfirma. Seine Antwort kam rasch und natürlich, so als wisse ohnehin jeder Bescheid über den Rest. Irgendwann im Lauf des Abends kam er neben mir zu sitzen. Ich kann beim besten Willen nicht mehr sagen, wie unser Gespräch begann, aber ich weiß noch, daß wir bald von Englisch auf Deutsch wechselten. Er hatte diese bergarbeiterhafte Präsenz, er sah aus wie einer, der soeben der rätselhaften Dunkelheit entstiegen ist und jetzt im künstlichen Licht des Nachtlokals zu glänzen beginnt. Ich war gleich so aufgeregt, daß ich den Eindruck hatte, unter der Haut meiner Handflächen bildeten sich kleine Luftpolster. Als ich ihm das später eingestand, meinte er, genau so äußerten sich die Nebenwirkungen von Rotwein aus dem Tetrapack, und wirklich, an diesem ersten Abend im *Chez Jim* trank ich nur Rotwein, während er bei der *Pression* blieb. Manchmal mischte sich Alf von der einen oder Roman von der anderen Seite in unser Gespräch ein, indem sie sich an *mich* wandten und an meine innerösterreichische Solidarität appellierten. Aber je weiter der Abend fortschritt, umso hoffnungsloser trieben ihre Felle aufs offene Meer hinaus. Olsen wirkte ihren Aufdringlichkeiten freundlich und bestimmt entgegen. Er ließ sich nicht einmal dann näher beschnuppern, als sie ihren letzten Trumpf ausspielten: Sie schoben ihm ihre steirischen Adressen hin. Mir fiel auf, daß er die Zettel achtlos in die Hosentasche hineinquetschte wie in seinen persönlichen Papierkorb. Es war schon nach Mitternacht, als sich Alf und Roman betrunken und achselzuckend mit einem vernichtenden „Wenn du eh noch bleibst, sehen wir uns eh morgen früh" verabschiedeten. Und der Reihe nach tröpfelten auch die anderen Kursbesucher heim.

Olsen und ich blieben übrig. Samt unseren Gesprächsthemen. Und die waren von Beginn an seltsam verquer: Wir sprachen über die Unterschiede zwischen den Metrosystemen in europäischen Großstädten und über die jeweiligen Chancen der Schwarzfahrer, über Luna-Parks, über die Ausbreitung der idiotischen Strip-Pokergeräte und über das Verschwinden der Tisch-Eishockeyspiele. Olsen war gute fünf Jahre älter als ich, doch wir sahen die Dinge ähnlich. Und dann war da die fast unmerkliche Ruhe, die er ausstrahlte. Seine Augen hatten die Ruhe eines tiefen schwarzen Brunnenschachts.

Am Ende redete nur mehr ich – und er hörte zu. Irgendwann kam ich auf die Französischkurse von *Multilingua* zu sprechen, doch dieses Thema war ihm sichtlich unangenehm. Genau in diesem Moment eilte der Kellner zu Hilfe, der das Lokal schließen wollte. Es erleichterte mich, daß Olsen nicht zu dem steirischen Menschenschlag gehörte, der sich mit Geifer im Mund vordrängt, um meinen Wein zu bezahlen.

Draußen lag Valence in vollständigem Dämmerzustand. Ich war gespannt, ob Olsen den Weg zum Campus der *Multilingua* einschlagen würde. Eine kurze Wegstrecke lang hatte ich den Eindruck, er wolle mir noch irgendeinen Vorschlag machen ... ein nächstes Lokal ... da unterbrach er das Gespräch abrupt, steckte mir eine Visitenkarte zu – ich dachte, es sei seine eigene, aber natürlich war es die seines Hotels mit dem Namen *Jabalí* – und gab

in offiziellem Ton bekannt, er würde dort um neun Uhr frühstükken. Nichts weiter. Dann küßte er mich einmal pro Wange und verschwand.
Im Doppelzimmer am Campus schnarchte die mir zugeteilte Amerikanerin den Rhythmus der gerechten Sprachschülerin. Sie würde pünktlich um sieben ihren Trainingsanzug überwerfen, um einer hüpfenden Tätigkeit nachzugehen, die sich als *Jogging* bezeichnete und die irgendwie gegen ihren riesigen Hintern gerichtet zu sein schien, der sich aber laut meiner Beobachtung davon nicht beeindrucken ließ. Ich drehte mit zittriger Hand mein Bettlämpchen an, plazierte meinen Rucksack in die Mitte des Zimmers und begann mit dem Packen. Ich war euphorisch und betrunken. Und phantasierte mir vor, aus einem schrecklichen, von jungen Steirern beherrschten Internat in eine aufregende Zukunft zu flüchten. Mit solch verwegenen Perspektiven legte ich mich angezogen aufs Bett. Der Schlaf überfiel mich wie eine dunkle Lawine. Irgendwann geisterte mir noch ein Bild durch den Kopf, eines, das mein Gedächtnis mit fotografischer Sicherheit behalten hatte: mein letzter Blick beim Verlassen des *Chez Jim* - war da nicht Olsens regenbogenfarbener Stundenplan noch immer zwischen den Pflanzen gelegen?
Ich verschlief den morgendlichen Aufbruch der Joggerin – es war halb neun, als ich mit Zündkerzen im Schädel aufwachte. Mein Bettlämpchen brannte noch, eine fahle Mahnung an die nächtliche Euphorie. Schnell Wasser ins Gesicht und runter zur Rezeption, um die Abreise bekanntzugeben. Am Gang huschte ich mit gesenktem Kopf an Alf und Roman vorbei, die ihre steirischen Stirnen fragend in Falten legten.
Ich brachte den Rucksack zum Bahnhof und erschien punkt halb zehn im Buffetraum des *Jabalí*. Olsen saß vor einem Toast mit Marmelade und nahm umgehend den Faden unseres nächtlichen Gesprächs auf. Sein Geisteszustand war noch immer oder schon wieder von einer verblüffenden Frische. Entweder er hatte gar nicht geschlafen oder besonders ausgiebig. Ich brachte ihn auf den Boden der Tatsachen:
– Du hast deinen Regenbogen-Stundenplan im *Chez Jim* vergessen!
– Ach, der Stundenplan ... der ist doch jetzt egal ..., antwortete er.
– Du bist also gar nicht Student bei *Multilingua*!, forderte ich ihn auf gut Glück heraus.

Ist doch egal ..., wiederholte er verträumt und sah mich mit Leidensmiene an.

Kevin ist in Kehl gestrandet. Er kennt diese kleinen europäischen Grenzstädtchen zur Genüge – ihre Tristesse hat sich nach der Öffnung der Grenzen potenziert. Sie vegetieren als nutzlose Punkte an den Sprachgrenzen Europas dahin. Die schmalen rechteckigen Zollcontainer, die dem Grenzübertritt einst etwas aufregend Offizielles verliehen hatten, haben ihre respektable Funktion eingebüßt und stehen stumm und verlassen neben abmontierten Schranken. Die melancholischen Bewohner wissen selbst nicht mehr genau, warum es ihre Dörfchen und sie noch gibt, und kriechen deprimiert ihren Beschäftigungen nach. Ihre Vergangenheit ist eine endlose Preistabelle in zwei Währungen.
Eine kühle Gleichgültigkeit ist in Port-Bou, Chiasso, Hendaye und Fuentes de Oñoro entstanden. Und auch in Kehl hat heute Nacht schon längst die letzte Bar geschlossen, als Kevin irgendwo am Rand des Ortes – oder ist es im Zentrum? – aus dem Wagen aussteigt, schwerfällig, hungrig und frierend. Der Herbst ist angebrochen – ein hartnäckiger Husten verleidet ihm die Zigaretten.
Er hatte Brüssel zu Mittag verlassen. Ein schlechtgelaunter Franzose aus Dijon nahm ihn unwillig bis nach Metz mit, wo er seine letzten Francs in den Zug nach Strasbourg investierte. Es war schon spät, als er mit seinem Rucksack und der Gitarre den Bahnhof von Strasbourg verließ, um sich einen geschützten Schlafplatz zu suchen. Er spazierte unschlüssig durch den Nieselregen und fand sich zuletzt auf einer Ausfallstraße in Richtung Deutschland wieder.

Sein ursprünglicher Plan war ohnehin gewesen, Freunde in Freiburg zu besuchen, deswegen streckte er halbherzig seinen Daumen hinaus. Und da blieb dieser junge Deutsche stehen, der ihm deutete, er solle sich nicht die Mühe machen, Rucksack und Gitarre in den Kofferraum zu geben. Er fahre nur bis Kehl, das sei der Grenzort auf der anderen Seite des Rheins. Na gut. Mieser konnte das Wetter in Deutschland auch nicht sein.
Sie überquerten schweigend den Fluß. Die Uhr am Armaturenbrett zeigte 1 Uhr früh. Kurz leuchtete ein Schild Willkommen in der Bundesrepublik Deutschland *am Straßenrand auf. Dahinter die Ortstafel von Kehl. Ein paar Augenblicke später – der Typ war nicht aus*

dieser Gegend und schien selbst keine genaue Vorstellung von seinem Ziel zu haben – blieb er stehen, nickte ihm freundlich zu und versicherte auf englisch, was beide ohnehin wußten:
– This is Kehl.
Kevin blieb nichts anderes übrig als auszusteigen. Der Wagen entfernte sich schaukelnd in der wattigen Stille des Grenzstädtchens und ließ eine ungemütliche Allee Eichen zurück, aus deren Kronen der Regen tropfte.
Es ist wirklich geschehen, trist genug, aber es ist keineswegs ein Wunder: Kevin ist in Kehl gestrandet. In einem Städtchen ohne Möglichkeit zum Weitertrampen. So wie es Sackgassen gibt, genauso ist Kehl in der Nacht eine Sack-Stadt.
In den Wohnungen brennen kaum noch Lichter, das lokale Fernsehprogramm spielt nur noch Hymnen, man schläft. Die Autos ruhen zusammengeduckt an den Straßenrändern. Irgendwo weiter vorne gibt eine der gelblichen Straßenlaternen den Geist auf. Die Szenerie wird noch eine Spur dunkler.
Zuerst bemerkt Kevin seinen Hunger, dann spürt er das leichte Nieseln, das sich über den Rhein nach Deutschland fortgepflanzt hat. Er schultert den Rucksack und geht in die Knie, um den Griff der Gitarrentasche fassen zu können. Das Wichtigste ist nun, eine offene Bar oder zumindest eine Tankstelle zu finden. Er hat – ein Geschenk der Freundin in Belgien – drei Deutsch-Mark in der Tasche. Seine letzte feste Nahrung ist ein Butterbrot in Brüssel gewesen, am späten Vormittag.
Er marschiert in die Richtung, wo er das Zentrum vermutet, aber kein Zentrum, ein Vorort reiht sich an den nächsten. Alles, was entfernte Ähnlichkeit mit einer Bar hat, ist geschlossen und verrammelt und sieht aus, als würde es bis zum Jüngsten Gericht geschlossen und verrammelt bleiben. Von weitem sieht er ein Leuchtschild, beschleunigt die Schritte – aber über dem Eingang steht Polizei. *Die hat ihm gerade noch gefehlt. Er biegt in eine etwas hellere Straße, untertags vielleicht die Fußgängerzone.*
Ein paar armselige Geschäfte zeichnen sich hinter den Blumenkästchen ab. Bei einer Bäckerei mit einem Kekssortiment in der Auslage rüttelt Kevin im Vorbeigehen wütend an der Tür. Kein Alarm geht los.
Inzwischen regnet es stärker. Seine Stirnfransen senden unregelmäßige Rinnsale Wasser über sein Gesicht. Ganz unten knirschen die quatschig nassen Socken. Und sein Magen macht schon ähnlich viel Lärm wie der Regen am Pflaster. Die vereinzelten Autos, die vorbeihuschen, erscheinen

ihm seltsam leblos, wie ferngesteuert. Ein Mann kommt ihm entgegen, und Kevin überlegt kurz, ob er ihn nach einem Schlafplatz oder wenigsten nach einer offenen Bar fragen soll. Aber er entscheidet sich nicht schnell genug, und der andere torkelt brummend an ihm vorbei.
Ohne trockenen Schlafplatz würde er morgen früh nicht nur halb verhungert, verkühlt und übermüdet aufwachen, sondern auch in einem Zustand, in dem er nicht Gitarre spielen konnte. Nicht an einem Ort wie Kehl, den Kevin bei jeder Wetterlage in die Kategorie „extrem schwierige deutsche Kleinstadt" einordnet. Fast unmöglich, hier zu spielen. Nachbarn, Polizisten, Geschäftsleute oder irgendwelche private Wichtigtuer kommen immer vorbei. Und wenn man dann nicht ausgeschlafen, selbstbewußt und höflich reagiert, entstehen die gräßlichsten Schwierigkeiten. Um diese Uhrzeit streben die Chancen auf einen Schlafplatz dem Nullwert zu. Pension hat er auch noch keine gesehen. Hier in Deutschland würde man sich außerdem nicht bis zum nächsten Vormittag mit seinem Paß begnügen. Bei seinem Aussehen: niemals. Und vorauszahlen kann er höchstens drei Deutsch-Mark.
Da ist sie wieder. Das helle Schild der Wachstube strahlt ihn verführerisch an. Mit der richtigen Dosis Polizistenprovokation könnte man es vielleicht zustande bringen, genau eine Nacht – nicht länger – in eine trockene Zelle gesperrt zu werden. Es ist die Wahl zwischen kalter und aufgewärmter Scheiße, und je länger er überlegt, desto verführerischer kommt ihm die aufgewärmte vor.
Wenn die einzige gute Stube die Wachstube ist ... dann muß man eben mit genau dieser operieren. Genau mit dieser guten Stube.
Kevin klopft an die gläserne Eingangstür, bis er bemerkt, daß man sie nur aufdrücken muß. Ein Uniformierter sitzt hinter einem Holztisch und hebt langsam die Augen von der Zeitung. Ganz langsam. Er mustert den tropfenden Mann mit der Gitarre scharf. Er hebt seinen Charakterkopf, er rückt mit dem Sessel nach hinten, er gibt seiner Uniform einen Ruck, und dann steht er aufrecht da, erwartungsvoll, schnurrbärtig, rundlich, mit langweilig-erloschenen gelblichen Augen. Er wartet verdrossen, was ihm dieser Penner zu sagen hat.
– I was robbed. Do you speak English?
Mißbilligend schüttelt der Uniformierte seinen Kopf. Er schiebt den Sessel noch ein Stück nach hinten, entfernt sich und kehrt mit einem Kollegen zurück. Dieser will zwar ebenfalls nicht Englisch sprechen, hat aber lebhaftere Augen. Kevin versucht ihnen klarzumachen, daß er von einem

Franzosen, der ihn nach Deutschland mitgenommen hat, als sie den Rhein überquerten, ausgeraubt und aus dem Auto geworfen worden sei. Nun habe er also kein Geld, keinen Schlafplatz und Hunger.
Die Geschichte ist watscheneinfach. Selbst wenn die Herren kein Englisch können. Allein sein nächtliches Auftauchen und sein durchnäßter Zustand erklären die Sache zur Genüge. Doch die Beamten schütteln ihre Köpfe. Der Vorgesetzte dreht sich ungerührt um und verschwindet im Hinterzimmer. Der Kerl mit den stumpfen Augen holt Luft:
– Come back morning!
– But you have to do something now!, *ruft Kevin, und jetzt spürt er in sich die authentische Verzweiflung eines Überfallopfers.*
– Come back morning!, wiederholt der Mann.
Nichts zu machen. Kevin schlägt wütend mit der Faust auf den Holztisch, packt seine Sachen, dreht sich um und stapft hinaus.
Der Polizist, durch den Faustschlag, wenn der sich auch nur gegen einen hölzernen Polizeitisch gewandt hatte, in seinem Berufsethos aufgeschreckt, ruft ihm empört nach:
– Passport! Passport!
Idiot, denkt Kevin und verdreht die Augen, du Idiot, was denkst du, bei dem Überfall ist mir mein Passport natürlich auch gestohlen worden.

Nun ging unsere Tour durch Europa los: Gleich an jenem ersten Vormittag in der Frühstücksbar des *Jabalí* in Valence erzählte ich Olsen, daß ich die Schnauze voll hatte von *Multilingua* und daß ich ein bißchen herumtrampen wollte, in den Süden. Olsen biß an. Seine dänische Reifenfirma hatte ihn als nächstes nach Bilbao beordert – und so beschlossen wir, „gemeinsam weiterzufahren" – was immer das bedeutet, hätte Prinz Charles gesagt.
– Mein Gepäck ist schon am Bahnhof!, rief ich, doch dieser Schuß ging nach hinten los.
– Dann braucht man es ja nur noch abzuholen ..., erwiderte Olsen. Hätte ich wissen müssen! So einer war klarerweise mit dem Auto unterwegs! Zur Strafe erlegte ich mir während der Fahrt eiserne Zurückhaltung auf, was weitere Vorstöße betraf. Ich wollte von Bilbao rasch weiter in den Süden ... zumindest sagte ich das Olsen, der die Neuigkeit unbewegt und freundlich hinnahm.
– Und jetzt mußt du mir sagen, wieso du dich zu diesem *Multilingua*-Stammtisch gesetzt hast!

– Ich hab dich durch die Glasscheibe gesehen!
– Und was gabs da zu sehen?
– Dich!
Ich verkniff mir die Frage, ob er das bei allen Frauen, die ihm gefielen, so machte.
– Und der Stundenplan, den du mitgeschleppt hast?
– Ach der! Den hab ich mir geholt, damit ich weniger Aufsehen errege.
Wenigstens war er ehrlich.
– Also ist es dir von Beginn an um mich gegangen.
– Kann man so sagen.
In Bilbao stieg er im *Casino* ab, einem Hotel, das von außen ziemlich heruntergekommen zu sein schien und besser zu seinem Jeanshemd paßte als das *Jabalí* – und ich ging vorläufig in die Jugendherberge, um mir klar zu werden, was ich eigentlich wollte. Dort teile ich das unvermeidliche Sechserzimmer mit einer Handvoll stumpfsinniger Amerikanerinnen, die um sieben aufstanden, um ihren prächtigen Hintern einen Hund anzutun.
Olsen hatte erklärt, am nächsten Vormittag einen „Geschäftspartner" aufzusuchen, und er hatte anschließend als Treffpunkt für uns beide eine „nette Schwulenbar" vorgeschlagen. Ich ließ mich ein paar Viertelstunden durch die Unterstadt treiben. Zwischen den alten Häusern lag der Geruch nach frischem Papier. An jeder zweiten Ecke verteilten junge Burschen, die wie Ghadafis Neffen aussahen, *Euskadi*-Aufkleber. Bilbao ist ein romantischen Örtchen. Ich kam in voller Absicht etwas zu spät in die Bar.
Olsen saß erneut vor einem Marmeladetoast. Doch als er mir den Kopf zuwandte, war ich einen Moment sprachlos. Sein Kopf hatte sich auf eine beunruhigende Art verändert, und es war schwer zu erkennen, woran es lag. Nicht zögern, sagte eine Stimme in mir, und bevor ich den Gedanken noch richtig erfaßt hatte, fragte ich, ob er beim Friseur gewesen sei. Er nickte.
Ich war die einzige Frau hier – kein Problem. Dem Ober hing zwar ein überdimensionaler silberner Uhu um den Hals, er brachte mir dennoch ohne zu murren einen Toast, der keinen Zentimeter kürzer war als jener von Olsen. Baskische Aktivisten legten uns Flugblätter auf den Tisch, die das Schicksal baskischer Aktivisten bejammerten. Olsen überflog mit interessiertem Gesichtsausdruck

die Artikel ... es war schwer zu sagen, an welchen Dingen einer wie er Anteil nahm.
Ich fand es ein bißchen seltsam, daß er am dritten Tag unserer Bekanntschaft zum Friseur gerannt war.
Wir brauchten heute beide eine Aufwärmphase. Ich beklagte die allgemeine Widerwärtigkeit von Jugendherbergen, und Olsen betonte etwas gezwungen seinen Überfluß an Freizeit. Man kann in solchen Gesprächen nicht auf Anhieb originell sein, sie entwickeln sich so zaghaft ... aber die Zeit und unsere Mundwerke arbeiteten tadellos. Daraus ergab sich, daß wir während eines langen Nachmittags über Themen wie Luftkissenboote oder Bienenstöcke scherzten und zu etwas ähnlichem wie einem Liebespaar wurden.
Wir verließen die Bar und spazierten über die Stadthügel und fuhren mit den alten Ascensores auf und ab, daß es eine Freude war.
Wir erzählten einander Episoden aus unseren bisherigen Leben. Die Kindheit nahm einen Großteil von Olsens Erläuterungen ein. Und mit ihrer Hilfe schaffte er es immer, haarscharf an der Gegenwart vorbeizuerzählen.
– Meine Eltern haben mich geliebt, aber sie sind so Leute, die ihren Fußabstreifer monatlich reinigen, und was soll man da tun ..., meinte er.
Das gefiel mir natürlich, und ich erzählte vom Fußabstreifer meiner Tante, auf dem *Danke* steht.
– Solchen Leuten brennt auch niemals der Reis an ..., sagte Olsen, und das gefiel mir noch mehr, wenn ich an den sauberen Reistopf meiner Tante dachte, der einem ganz schön zum Hals heraushängen konnte.
Am Abend bezogen wir im *Casino* ein Doppelzimmer, ohne viel Worte darüber zu verlieren.
In den ersten Tagen kam es mir vor, als hätten wir eigentlich keinen richtigen Plan. Wir fuhren hierhin und dorthin, kreuz und quer durchs Baskenland, Donostia, Gasteiz, Santander, ganz nach Lust und Laune. Geldknappheit herrschte keine, Liebe und Luft hatten wir sowieso genug, und so blödelten wir uns durch die Tage und Städte. Schrittweise bemerkte ich, daß es eher Olsens Launen waren als meine, die unseren Weg vorgaben, und bald wurde mir klar, daß es die Launen seiner Geschäftspartner waren, denen unsere Route zugrundelag. In Lourdes sahen wir einen Lastwagen

mit der Ladung von mindestens einer halben Tonne Krücken. In Bayonne flipperten wir unsere Geldbörsen leer. Nur dazwischen, da war immer seine Arbeit, da waren die Stunden, in denen Olsen seine eigenen Wege ging.
Es war mir schnurzegal. Mein neuer Freund kam immer nach ein paar Stunden zurück. Die Welt der Hotelzimmer mit ihren zwanzig Fernsehkanälen übte eine einschläfernde Wirkung auf meine Forscherlust aus. Früher hatte ich in fremden Städten vor allem Nachtlokale und Kirchen abgeklappert – jetzt spezialisierte ich mich allmählich auf die Satellitenprogramme. CNN, Rai UNO, RTL, für mich waren sie der bunte Hintergrund am Horizont der Reise und füllten die löchrige Zeit, die man sonst mit Ansichtskarten und Eiskrem verbringt.
Dabei wurde ich immer fahriger. Es fällt mir schon von Natur aus schwer, meine Geldbörse stehlsicher zu verwahren, den passenden Schlüssel bereit zu haben und Aschenbecher vorschriftsmäßig zu benutzen. In Barcelona hatte ich den Namen des Hotels vergessen, irrte zwei Stunden durch die Straßen und fand es dann nur durch Zufall, weil ich eine nahegelegene McDonald's-Filiale wiedererkannte. Das Profitum überließ ich seit jeher den anderen. Olsens Vorgesetzten zum Beispiel.
Sie riefen in diesem und jenem Hotel zu den unmöglichsten Zeiten an. Am Anfang tat Olsen so, als würde er die Hotels zufällig entdecken, aber es lag auf der Hand, daß er Orte wie das *Casino* in Bilbao nicht zum ersten Mal besuchte. Seine Partner waren für mich Männerstimmen mit skandinavischem Akzent. Olsen telefonierte auf Dänisch (oder auf was auch immer) und machte sich Notizen. Dann zog er sich meistens eilig an. Natürlich ahnte ich bald, daß er nicht für eine „dänische Reifenfirma" unterwegs war, aber was ging es mich an.
Es überraschte mich trotzdem, auf welche selbstverständliche Art Olsen mich über seine Tätigkeit im Unklaren ließ. Bei Kleinigkeiten gab er sich gar nicht die Mühe versteckzuspielen. Zum Beispiel war es eine stillschweigende Übereinkunft, daß im Wagen der Kofferraum tabu war. Unser persönliches Zeug lagerte auf den Rücksitzen.
Doch im großen und ganzen waren es noch immer unbeschwerte Tage: die Überlandfahrten durch Dörfer mit merkwürdigen Na-

men, aufgelassene Swimming-Pools im Stil von Tennisplätzen, auf deren algige Oberfläche wir Steine schleuderten, schwarze Wälder, in denen uns das Harz aus den Bäumen ins Genick tropfte, zwei Baskenjungen, die uns unbedingt ihren Hund verkaufen wollten, und die düsteren Bars in den Vorstädten, wo dem Billardtisch immer die schwarze Kugel fehlt. Wir merkten es noch nicht, aber die Sommertage wurden wieder kürzer.

Schrittweise mischte sich eine ungewisse Frage in das sorglose Leben der Hotelzimmer und Spaziergänge. Die Frage, was für ein Leben wir da führten, wozu, auf wessen Kosten und – wie lange noch.

Und so steht er wieder auf der Straße, wütend und auch nicht trockener als vorher. Was für ein widerliches Städtchen! Nun wird er einfach ins nächste Hotel oder in die nächste Pension hineinmarschieren und sich in ein trockenes Bett legen. Mehr als hinausschmeißen können sie ihn nicht. Mit federnden Schritten (wegen des Wassers in seinen Schuhen) stapft er die Straße hinunter, in der vagen Hoffnung auf Spuren urbanen Lebens. Aber Kehl ist bestenfalls ein mies beleuchteter Parkplatz, eingeweicht vom Regen. Das Zeug im Rucksack muß schon völlig durchnäßt sein. Roh rüttelt er an ein paar Autotüren – eine Autodach über dem Kopf wäre wenigstens bis zur Morgendämmerung eine Lösung. Natürlich alle versperrt. Was gab es sonst noch? Hauseingänge, Unterführungen, tiefliegende Balkone würden sich anbieten – nur existiert diese Art von Schlafplätzen in Reihenhauslandschaften nicht. Nicht einmal ordentliche Bäume gibt es, die sich zum Darunter-Schlafen eignen – nur edles Heckengestrüpp, so weit das Auge reicht.

Jetzt kommt er in eine Gegend von identischen einstöckigen Häusern, offenbar Sommerhäuschen mit Schrebergärten dahinter. Eine Haustür reiht sich an die nächste. Die Jalousien sind heruntergezogen. Wenn man zu einem dieser Häuser einen Schlüssel hätte ... beflügelt vom Gedanken an eine nett eingerichtete deutsche Küche mit gefülltem Kühlschrank drückt er nun eine Türklinke nach der anderen hinunter – der britische Abstand zwischen den Gebäuden bietet sich für dieses Spielchen geradezu an.

Wieder das gleiche wie bei den Autos: deutsche Gewissenhaftigkeit, alle versperrt. Er hat die Gitarrentasche in die andere Hand genommen, spaziert die Straße entlang und drückt lässig die Türschnallen herunter.

Seine Hand schlägt den Takt zu einer wirren Symphonie aus Regen und Wind.
Selbst als ein Auto vorbeikommt, unterbricht er seine Tätigkeit nicht. Alles ist besser, als den Rest der Nacht weiterzuirren.
Da gibt eine Klinke nach.
Er schreckt zurück. Ein Blick auf die Straße: niemand zu sehen. Zögernd betritt er das Häuschen, Gitarre voran.
Unbewohnt? Im Vorzimmer liegt ein Rollteppich. Schwach dringt das Licht von der Straße herein. Mit der freien Hand lehnt er die Eingangstür hinter sich an. Der Raum liegt dämmerig grau und langgestreckt da. Er sucht nach dem Lichtschalter. Da stößt sein Fuß an etwas Weiches. Eine Leiche, ist sein erster Gedanke. Er spürt ein merkwürdiges Ziehen im Oberkörper, dann bildet sich dort, wo das Ziehen verschwindet, eine Gänsehaut. Er hat keine Lust, über etwas Totes zu fallen. Er verlagert den Schwerpunkt seines Körpers nach hinten. Dann stupst er mit seinem Schuh das Ding am Boden zum zweiten Mal an.
Es ist doch keine Leiche. Es ist eine große schwere Reisetasche.
Er öffnet die Eingangstür einen Spaltbreit und schiebt die Tasche ins Zwielicht. Alles ganz leise. Er bückt sich behutsam hinunter. Kurz stellt er sich vor, nun würde erst recht ein verpackter Körperteil auftauchen. Aber dazu ist das Ding zu unförmig. Und zu hart. Einen Moment lang zögert er, den Reißverschluß zu öffnen. Vielleicht wäre es besser, zuerst den Lichtschalter zu finden und die Wohnung systematisch zu durchsuchen. Würde er einen Schlafenden aufschrecken, könnte er noch immer davonrennen oder den armen verwirrten Straßenmusiker spielen. Aber die Tasche ist nun offen.
Mit spitzen Fingern tastet er ins Innere und stößt auf etwas Metallenes. Die Mordwaffe, geht ihm kurz durch den Kopf. Aber im gleichen Augenblick liegt schon eine Kamera in seiner Hand. Er kramt weiter. Und da stellt sich heraus, daß die Tasche bis oben hin mit Fotoapparaten und Objektiven gefüllt ist.
Er schließt sie vorsichtig. Ihr Gewicht ist beachtlich, aber es liegt im Bereich des Möglichen, sie hinauszuschaffen. Den Rucksack legt er nicht ab. Bei einer Verfolgung müßte er ihn ohnehin zurücklassen – ein stinkendes Etwas mit schimmelndem Gewand – in jedem anderen Fall störte er nicht. Nur die Gitarre ... erst jetzt bemerkt Kevin seine Atemlosigkeit: er steht mitten in einer grotesken Geschichte. Er kann nicht mehr zurück. Und er wünscht sich einen anderen Tag. Trockener

als heute, entspannter als heute, er wünscht sich eine andere Tasche mit einem anderen Inhalt. Mit weniger Inhalt. Er wünscht sich alles, was er nicht hat. Er hat wenig, aber er hat etwas, was ihm weiterhelfen kann.
Als erstes schlüpft er mit der Gitarre aus der Tür, lehnt sie an die Hauswand und schleicht wieder ins Haus zurück, um die Tasche hinauszuzerren. Er muß sie mit beiden Armen umfassen – sie ist schwer wie eine Elefantenbaby. Am Gehsteig läßt er sie runter, schließt die Tür hinter sich. Die Gitarre muß er vorläufig stehen lassen. Da bleibt nichts anderes übrig. Leise fluchend schleppt und stößt er die Beute vor sich her. Der Regen hat nachgelassen, der Wind bläst durch die Sträucher des naheliegenden Parks.
Es ist kein echter Park, sondern ein Kinderspielplatz, der zwischen zwei Zeilen Häuschen liegt. Kein Mensch ist zu sehen. Durch das Schaukeln der Zweige hat die Beleuchtung etwas Beunruhigendes. Kevin läßt die Tasche an der Kinderrutsche nieder und öffnet den Verschluß.
Ohne Hülle oder sonstigen Schutz liegen die Kameras im flackernden Straßenlicht, glänzende Apparate mit stolzen Objektiven, jeder von ihnen zweifellos ein paar Hundert Pfund wert. Jemand muß sie in großer Eile in die Tasche geräumt haben. Und jetzt sitzt ein anderer Jemand mit dieser schwer verkäuflichen und kaum transportablen Ware in einem trostlosen Park in Kehl, Germany.
Wenn er wenigstens in Frankreich wäre ... er hat Freunde in Paris, die ihm einen guten Preis machen würden. In Deutschland ist ein solches Abenteuer gefährlicher – in Freiburg undenkbar, und er kann ja schwer mit dieser riesigen Tasche tausend Kilometer nach Berlin stoppen.
Das nächste Problem ist die Gitarre. Kevin beschließt, die hundert Meter zu dem Haus zurückzurennen. Einen wahnwitzigen Moment lang scheut er sich, die Tasche alleinzulassen. Gleichzeitig nimmt er zwei Scheinwerfer vom Ende der Straße her wahr. Duckt sich instinktiv.
Das Auto fährt am Park vorbei. Weiter vorne hält es an. Der Motor läuft weiter. Lange geschieht gar nichts. Dann sagt eine Stimme etwas, und in ihrem Ton scheint Verwunderung zu liegen. Sie müssen die Gitarre gefunden haben.
Sie ahnen also, daß die Tasche nicht weit weg ist. Vorsichtig richtet sich Kevin auf. Er kann keine Einzelheiten erkennen. Eine Autotür schlägt zu. Der Wagen fährt wieder an. Zuerst entfernt er sich in die andere Richtung, dann folgt ein Wendemanöver und er kommt näher. Kevin springt zurück und drückt sich weiter hinten in eine Hecke. Das Auto

passiert im Schrittempo die Höhe des Parks, dann beschleunigt es. Gefahr vorüber. Sie setzen ihre Suche woanders fort, und irgendwann werden sie aufgeben.

Die Prunkstraße von Béziers liegt unter dem Schutz einer Doppelreihe gekrümmter Bäume, die oben zusammenwachsen. Das Leben auf den Esplanaden der Cafés spielt sich auch an sonnigen Tagen im mattgelb leuchtenden Zauberschimmer ab. Die weichen Schattierungen verwischen die Mienen der Müden und Besoffenen. Sie gleichen graziösen Traumwandlern, die sich nur ein bißchen in der Uhrzeit geirrt haben. Dort saß ich, beobachtete Junkies und schnorrte ihnen meine Zigaretten. Ich schrieb einen Brief an meine Tante, um ihr das Ende der Karriere bei *Multilingua* beizubringen, und trank kühles Wasser mit geriebenen Zitronenschalen. Zur Beruhigung verfaßte ich einen französischen Abschnitt, den mir Olsen korrigieren würde.
Auf einmal kam er ziemlich aufgeregt daher:
– In einer Stunde am Nordende der Fußgängerzone! Und geh nicht ins Hotel inzwischen!
Ich hob erstaunt den Kopf, da war er schon so gut wie verschwunden im diffusen Zwielicht.
Gut, dann eben nicht ins Hotel. Eine Stunde später tauchte Olsen tatsächlich am angegebenen Treffpunkt auf – zu meiner Verblüffung mit einem neuen Auto (es besaß zur Abwechslung ein deutsches Kennzeichen), in das ich schwungvoll hineinglitt. Mein Rucksack lag schon gepackt auf der Hinterbank.
– Ganz schöner Thriller!, murmelte ich beim Angurten mit einem ironischen Seitenblick.
– Jetzt fahren wir erstmal Richtung Schweiz!, antwortete Olsen und zwinkerte mir zu.

Mein Gott, wie besoffen wir in Genf waren! Als wir heimwankten, schmuggelten sich gerade die ersten Streifen der Sonne zwischen den Häuserblocks in die Gassen hinein. Weiter unten lag strahlend hell der Bahnhof *Cornavin*, und rundherum starteten rotgesichtige Männer ihre Mofas. Olsen und ich torkelten über die Gehsteige, einmal ineinander verschlungen, einmal uns voneinander abstoßend. Er war ganz außer Atem:

– Zum Glück arbeitet der Körper unabhängig vom Gehirn. Wenn das Gehirn nicht ins Hotel findet, tun es die Beine ...
– Wie??
– Die Beine funktionieren, weil die Gedanken in der Mitte des Körpers aufhören ...
– Wo hören die Gedanken auf?
– Ich denke, dort wo Männer ihren Gürtel tragen ...
– ... also dort, wo du ein Geheimfach in der Hose hast!
Das hatte ich am Tag zuvor entdeckt. Etwas flaches, hartes war drinnen, von der Größe und Form eines Reisepasses. Mir schien das ein ziemlich klägliches Versteck.
– Du schnüffelst also!
Olsen war etwas verstimmt. Und er hatte recht. Ich würde nie mehr schnüffeln.
Kinder kamen vorbei und schlugen einander mit Schulbüchern auf den Kopf. Die Straßen wurden jetzt sanft von den Sonnenstrahlen berührt, und die Autobusse rollten achtlos vorüber. Es gab allen Anlaß, sich zu wundern, warum nicht jedes zweite Kind von den Bussen überrollt wurde. Das Gegenteil geschah. Ich denke, jedes einzelne der beinahe überfahrenen Kinder fand an diesem Vormittag den Weg ins richtige Klassenzimmer. Olsen hatte jetzt den Arm um mich gelegt. Wie wir ins Hotel fanden, weiß ich nicht mehr.
Leider geschah dann die Sache in Paris.
Daß so etwas gerade dort passieren mußte! In Paris war Olsen doch kaum außer Haus (außer Hotel) gewesen. Ich erklärte mir das so, daß es in einer Hauptstadt eben eine viel höhere Dichte an Kleinverbrechern gab. Da standen sie sich gegenseitig auf den Zehen.
Am dritten Abend kam Olsen nämlich mit einer blutig angeschwollenen Unterlippe ins Hotel zurück. Ich legte ihm kühle Watte auf. Er machte sich nicht die Mühe, sein Malheur zu erklären – und so erhielt die kleine Verletzung eine dramatische Komponente. Wir sahen uns in die Augen, und ganz weit hinten tauchte schon wieder diese Frage auf, vor der wir uns fürchteten.
Mir hätte es nichts ausgemacht, länger in Paris zu bleiben. Obwohl ich am *Centre Pompidou* eine Schrecksekunde hatte, da wäre ich beinahe Alf und Roman in die Arme gelaufen. Die beiden Steirer hielten Eistüten gleicher Größe und Farbe in der Hand und ruckelten in nervtötendem Schlendrian durch die Fußgängerzone.

Vermutlich hätten sie mich ohnedies nicht erkannt, so eingelullt waren sie von der Atmosphäre der hohen Pariser Kultur. Sie sprachen garantiert schon mit Subjonctif. Die Französinnen, denen sie gierig zwischen die Beine starrten, nahmen keine Notiz. Ich hielt das für nachahmenswert und zog mich vorsichtig in eine Seitengasse zurück, wodurch ich aus dem Alf- und Romanschen Leben für immer verschwand.
Für diesen Tag hatte ich genug. Zurück ins Hotel! Olsen war gerade unter der Dusche, und das Zimmertelefon läutete.
– Hier Sörensen. Ist Olsen da?
– Er duscht.
Ich sollte ihm ausrichten, daß er am nächsten Tag im *Voltaire* in Strasbourg weitere Anweisungen bekommen würde. Komischer Name für ein Hotel.
Sörensen war äußerst höflich gewesen, mich entsetzte nur eins: daß er meinen Namen kannte.
Eine Wut packte mich. Olsen hätte seinen Arschlochfreunden wenigstens einen falschen Namen angeben können! Ich kannte keinen Sörensen, wollte keinen kennenlernen, und mich sollte auch kein Sörensen kennen! Womöglich würde mich Sörensen noch ganz lieb um Mithilfe bitten, falls irgendein Weiberjob abfiel!
– Hat wer angerufen?, kam Olsen atemlos ins Zimmer.
– Nein!, antwortete ich trotzig.
– Wenn du mirs nicht sagst, kriege ich Probleme!
Mein Blick fiel auf seine geplatzte Lippe.
Eine Stunde später saßen wir im Wagen und fuhren nach Strasbourg, dem *Voltaire* entgegen.

Respektvoll nähert sich Kevin der Reisetasche, die halb geöffnet an der Rutsche lehnt. Er denkt zärtlich an ihren Inhalt – und was man in einer anderen Situation alles damit machen könnte. Der nächste Schritt ist klar: die Gitarre holen. Dann hierher zurückkommen, zwei der größeren Kameras in seinen Rucksack stopfen, den Rest seinem Schicksal überlassen, die Stunden bis zum Morgengrauen durchmachen und in der Früh Kehl so schnell wie möglich verlassen. Am besten nach Freiburg. Keine ideale Lösung – er würde halb verhungern dabei –, aber die einzige.
Immer bereit, sich hinter einen der geparkten Wagen zu ducken, wagt

er sich zum Tatort zurück. Die Gitarre werden sie ja kaum mitgenommen haben. Viel wahrscheinlicher ist, daß sie einen Gorilla beim Haus zurückgelassen haben. Die Geräusche von Kevins Schritten werden vom Regen verschluckt – trotzdem hält er einen Respektabstand.
Er starrt hinüber. Nichts zu sehen. Er starrt wie wahnsinnig. Fort! Die Gitarre ist wirklich fort. Die Wand steht unschuldig und grau in der Nacht, als hätte nie etwas an ihr gelehnt.
Kevin stolpert zum Park zurück. Wahrscheinlich haben sie nach der vergeblichen Taschensuche das Instrument in den Wagen gepackt – ein unerklärliches corpus delicti.
Beim Gedanken an ihre Gesichter muß er grinsen.
Im Park schultert Kevin zuerst den Rucksack. Dann hebt er erneut die Tasche hoch. Sie ist nicht kompakt, der Inhalt ist am Durchbrechen, auf den Seiten hängen dicke Wülste hinunter.
Nach ein paar Sekunden hat er eine Entscheidung gefällt.
Aus dem Schatten des Parks tritt er auf den schwach beleuchteten Gehsteig. Sein eigener Schatten fällt auf den Boden wie ein graues Netz. Beim Geräusch eines Wagens in der Ferne erfaßt ihn ein Schauer. Doch diese Ferne ist weit entfernt, irgendwo außerhalb von Kehl.
Kevin, Rucksack und Reisetasche sind jetzt eine verwaschene graue Einheit, die sich ins Zentrum zurückbewegt.
Hin zur Wache.
Der Erloschene-Augen-Polizist liest in derselben Zeitung wie zuvor, vielleicht sogar auf derselben Seite.
Kevin öffnet die Glastür, stapft die paar Schritte auf den Kerl zu, läßt die schwere Tasche auf den Tisch donnern. Auch schon egal, wenn die eine oder andere Kamera auseinanderfällt.
Kevin deutet wortlos auf den Reißverschluß. Der Polizist runzelt die Stirn. Bombe wird es wohl keine sein. Er öffnet vorsichtig den Reißverschluß. Seine Augen weiten sich wie die eines Kindes bei der Einfahrt der Geisterbahn. Von hinten nähert sich der Vorgesetzte. Diesmal aus freien Stücken. Mit tiefem Stirnrunzeln räumen sie die Kameras der Reihe nach auf den Tisch.
– Where did you find this?, droht der eine.
– Passport, Passport!, droht der andere.
Der Motor der Amtshandlung springt an, zuerst noch stockend, dann kommt er auf volle Touren. Auf einmal sprechen die Herren ganz brauchbares Englisch.

Kevin grinst. Die beiden scheinen nur noch eines nicht ganz zu durchschauen: die neue Hierarchie. Er schüttelt gelassen den Kopf und deutet auf seinen Bauch. Jetzt sitzt er *am längeren Ast. Er verlangt Essen, Kaffee und Zigaretten. Vorher will er gar nichts sagen.*

In Strasbourg regnet es in feinen Strömen, irgendwie war jetzt der Herbst da. Wir hatten einen Moment lang nicht aufgepaßt, und plötzlich war der Zeiger der Uhr den entscheidenden Schritt nach vorne gesprungen. Alles war nun wie mit einem Schleier von Überdruß besprenkelt, der Himmel, der Wagen, die Luft, das Hotelzimmer.

Das *Voltaire* lag in der Nähe des Münsters. Ich machte zwei Mal die Führung mit, weil mir die Skulpturen der „klugen und törichten Jungfrauen" gefielen. Sie paßten so gut zur grauen Witterung, und die Köpfe spiegelten eine lethargische Liebe wieder, die nach Oktoberabenden schmeckte. Ich kriegte den Eindruck nicht los, daß irgendetwas zerbrochen war, daß der Sommer – kaum vorüber – nur mehr Erinnerung war, keine brennende mehr, sondern Erinnerung an eine leidenschaftliche Krankheit, an einen irren Zahnschmerz.

Olsen war zurückhaltend zärtlich wie früher, aber der Herbst machte seine Zärtlichkeit schwermütig. Wenn ich in der Nacht aufwachte, lag er mit offenen Augen neben mir, ein Blick wie aus einem Sarg. Sein Atem roch nach feuchten Spielzeugautos, scharf und zitronig, als wollte jemand eine Verwesung übertünchen. Olsen im *Jabalí*? Den konnte ich vergessen, der war fort. Olsen im *Voltaire* war zwar der gleiche, aber doch ein anderer Mensch.

Manche Typen passen einfach nicht zu bestimmten Jahreszeiten, und er war so ein Typ im Bezug auf den Herbst. Drei Tage dieser neuen Jahreszeit hätten genügt, um den fröhlichen Kerl zusammenschrumpfen zu lassen. Er war empfindlich und düster geworden. Er kam mir noch immer vor wie ein Bergarbeiter, aber nun wie einer, der bemerkt hat, daß verschiedene Stellen seines Körpers nie mehr so richtig sauber werden, egal, wie sorgfältig er sich wäscht. Vielleicht muß man auf den Winter warten, bis die frische Kälte seine Gesichtszüge schärfer machte. Wenn man die Geduld hatte.
– Bald muß ich wieder zum Friseur, dann werde ich aussehen wie ein französischer Junge.

– Du warst doch gerade in Bilbao beim Friseur!
– Ich gehe eben öfter als andere Leute ..., verdrehte er die Augen. Mehr war nicht aus ihm herauszubringen, aber ich hab schon Typen mit eigenartigeren Hobbys kennengelernt.
Eine Entscheidung lag in der Luft, das ahnten wir beide, eine Entscheidung, die einer von uns treffen mußte, und die den anderen erschüttern würde. Wir waren maßlos freundlich zueinander, jeder tat sein bestes, den anderen großartig zu behandeln. Unsere Leidenschaft war wie eine Glaskanne, die jemand auf ein Skateboard geschnallt hatte.
Wenn wir im Hotelzimmer blödelten, dann hörte ich das Echo unseres Lachens von den Wänden zurückprallen. Ich lauschte ganz genau auf dieses Echo: Es waren tatsächlich wir beide gewesen, und wir hatten tatsächlich gerade gelacht. Es war zum Verzweifeln.

Am Ende bekommt er ordentlich starken Kaffee und raucht die Marlboro der Beamten. Sie haben auch Fleischwurst aufgetrieben und ein Sandwich. Und ein Coca Cola mußten sie ihm einfüllen, aber ganz voll, bis zum Rand des Glases. Langsam trocknet seine Kleidung – das stinkende Stoffzeug hat er trotz polizeilichem Protest breit im Wachzimmer ausgelegt.
Es dauert lange, zu lange für die Beamten, aber Kevin kennt keine Gnade, satt und trocken muß er sein, vorher geht gar nichts. Als er soweit ist, führt er einen halben Bus Polizisten zum Fundort. Die Geschichte ist schnell erzählt. Kevin wird umringt wie ein Märchenonkel.
Sie stürmen das Haus so brutal-übertrieben wie Kleinstadtpolizisten in einem Krimi. Fünf Beamte zerlegen die Inneneinrichtung. Zu ihrem Leidwesen erscheinen, so sehr sie auch unter den Betten und in den Schränken stöbern, keine verhaftbaren Ganoven. Man telefoniert wie wild herum, aber anscheinend findet sich niemand, dem eine solche Anzahl Kameras abgeht.
Kevin wird kaum mehr beachtet. Soweit er mitkriegt, tut der Erloschene-Augen-Polizist sein bestes, aus Rache den Verdacht wieder auf Kevin zurückzulenken – aber jetzt ist eine ganze Reihe von Vorgesetzten dabei, und die haben einen höheren IQ. Allerdings ist keine Rede von Finderlohn. Einer der Zivilbeamten fragt Kevin, ob er wegen der Gitarre eine Verlustanzeige aufgeben will. Er schüttelt resigniert den Kopf. Der Kerl klopft ihm auf die Schulter, bedankt sich und meint, Kevin könne jetzt

gehen. Man bietet ihm sogar an, ihn zur Ausfallstraße zu bringen. Wenn es ginge, würde er sofort aus der Haut fahren.
Zum Glück regnet es nicht mehr. Eine Viertelstunde später steht Kevin an der Ausfahrt Kehl und hält seinen Daumen hinaus. Er möchte nach Freiburg, dort kennt er Leute, die ihm das bißchen Geld für die neue Gitarre leihen werden.
Heute hat er Glück. Das zehnte oder fünfzehnte Auto bleibt stehen. Als er den Fahrer sieht, der ihm die Tür schwungvoll entgegenschubst, muß er das erste Mal, seit es hell geworden ist, lächeln: Es ist der gleiche Typ, der ihn gestern von Strasbourg nach Kehl gefahren hat.
– Freibourg?
– Yes. Freiburg.
Kevin stellt seinen Rucksack zwischen die Beine. Vor ihm gleiten die Scheibenwischer ruhig hin und her, als ob sie langsam die letzte Nacht aus seinem Gedächtnis wischen wollten. Irgendwann wird die Erinnerung an diese Nacht aufgewischt und trocken sein und als Story an heißen Sommerabenden bei kühlem Bier erzählt werden. Eine gute Story.
Auf der Autobahn – der Typ fährt ziemlich schnell – kriegt Kevin ein sonderbares Gefühl. Er dreht seinen Kopf nach links. Der Fahrer erwidert den Blick:
– Look at the back seat!
Kevin dreht den Kopf weiter: da hinten liegt seine Gitarre.
Der andere hat die Geschwindigkeit nicht verringert, hat die Augen konzentriert auf die Straße gerichtet, aber das, was Kevin jetzt viel direkter anblickt, ist die Mündung einer Pistole.
Schnell denken, sonst verliert man das Spiel. Für Kevin ist es eine einzige Bewegung, dem Fahrer die Pistole aus der Hand zu schlagen und ihm eine Faust ins Gesicht zu donnern.
Der Augenzeuge im nachkommenden Wagen, der gerade noch ausweichen kann und als erster die Rettung alarmieren wird, hält das verrückte Manöver für das Resultat eines Reifenplatzers.

Es ist noch nie passiert, daß Olsen mehr als zwölf Stunden ausblieb, ohne sich zu melden. Ich habe schon ab Mitternacht fix mit seiner Rückkehr gerechnet. Aber nichts. Nicht einmal ein Anruf von Sörensen. Der Zimmerboy vom *Voltaire* hat seiner Frage, für wieviel Personen das Frühstück gebracht werden sollte, einen

frechen Unterton beigemischt. Der hat natürlich mitgekriegt, daß Olsen nicht hier geschlafen hat.
– Für zwei!, war meine Antwort.
Ich brachte nicht einmal meinen Teil vom Frühstück hinunter.
Dafür denke ich, nun ist die Gelegenheit gekommen, der Frage auszuweichen, die so groß im Raum steht. Sie steht so deutlich im Raum, daß es eigentlich nur mehr wenig dazu zu sagen gibt. Ich wüßte auch nicht, was Olsen dazu sagen könnte. Wahrscheinlich hätte er keine Antwort. Wahrscheinlich hätte er selber eine Frage. Bisher war er der Zentralpunkt eines Kräftefeldes gewesen, das auch in den Zeiten seiner Abwesenheit stabil blieb. Aber heute hat diese Abwesenheit etwas Schwerwiegenderes, und je länger sie andauert, desto stärker zweifle ich, daß es noch nötig ist, weiterzuwarten.
In der Welt da draußen, die mit den Straßen von Strasbourg beginnt und auch jenseits des Rheins noch lange nicht endet, gilt für alle Menschen die gleiche Schwerkraft. Und ich bin ohnehin schon lange genug in einem fremden Leben drinnen.
Wenn Olsen bis Mittag nicht auftaucht, werde ich meinen Rucksack packen und zum Bahnhof gehen. Dann nehme ich den nächsten Zug nach Wien West. Vorher rufe ich noch schnell meine Tante an, um ihr die Ankunftszeit bekanntzugeben. Die holt mich dann bombensicher ab, und daheim putze ich meine Schuhe auf dem sauberen „Danke" ihres Fußabstreifers ab, und sie serviert einen Teller perfekten Reis.
So etwa 20 Stunden bleiben mir also noch, bevor ich wieder den Boden unter die Füße kriege. Im Zug kennt einen keiner, da macht es nichts aus, wenn man weint.

Michael Köhlmeier
Old Nick

Während einer Zugfahrt von Wien nach Graz saß ich einst mit dem Teufel in einem Abteil.
Ich war rechtzeitig am Südbahnhof gewesen, der Zug stand bereits am Perron. Ich hatte eine Karte erster Klasse gelöst, in den Waggons waren erst wenige Fahrgäste, eine gute halbe Stunde war noch hin bis zur Abfahrt. In einem der Nichtraucherabteile saß er. Ich erkannte ihn sofort. Ich erkannte ihn an seinen spitzen, roten Luchsohren und an den kleinen blanken Hörnern, die durch das dichte blonde Kopfhaar stießen. Auch steckte ein Fuß in einem orthopädischen Schuh. Er trug einen Anzug mit übergroßen bunten Karos. Seine Augen rasten flink über alles, auch über mich. Und da betrat ich das Abteil und fragte, ob noch ein Platz frei sei.
„Bist du verrückt“, sagte er.
„Ich will mit dem Teufel sprechen“, sagte ich.
„Es wird dir vielleicht lausig schaden“, sagte er.
„Wenn es mich nicht ruiniert“, sagte ich, „den Schaden nehme ich in Kauf.“
„Was willst du von mir wissen“, fragte er. Seine Augen wechselten die Farbe, und das bewirkte, daß man ihnen nicht auskam.
„Wieviele Fragen darf ich stellen?“
„Sagen wir drei.“
„Sagen wir vier?“
„Also gut, vier Fragen“, sagte er.
Da brauchte ich nicht lange zu überlegen. „Was ist die größte Sünde? Was ist das Böse? Was ist das Gute? Wie ist Gott?“
„Dann also der Reihe nach“, sagte er, „Die größte Sünde ist der freiwillige Verzicht auf Glück.“
„Niemand verzichtet freiwillig auf Glück“, sagte ich.
Da fuhr der Zug an.
„He!“ rief ich. „Wie gibt es das? Mir scheint, als redeten wir erst

eine Minute miteinander. Und schon ist eine gute halbe Stunde vergangen."
„Mit dem Teufel reden geht schneller", sagte er. „Wie lautet deine zweite Frage?"
„Was ist das Böse?"
„Das Böse ist, wenn einer nicht aufhören kann mit etwas."
„Mit was?"
„Ganz egal, mit was einer nicht aufhören kann, wenn er es nicht kann, dann ist es das Böse." Während er das sagte, konnte er das Lachen nicht verbeißen, und seine Augen gingen ins Gelbliche.
„Darauf wäre ich nie gekommen", sagte ich.
„Niemand kommt darauf."
Schon fuhren wir über den Semmering.
„Schon fahren wir über den Semmering", drängte ich. „Wir müssen uns beeilen, wenn wir bis Graz alle Fragen durchhaben wollen."
„Ich fahre weiter als bis Graz", sagte der Teufel.
„Aber ich nicht", sagte ich. „Also: Was ist das Gute?"
Jetzt wurde er sehr ernst. Sein Gesicht legte sich in die uraltesten Falten, die Augenfarbe wechselte zu schwarz. „Das Gute", sagte er, „ist, wenn man stehenbleibt und langsam ausatmet."
„Was soll daran gut sein?"
„Wenn man es richtig macht, dann weiß man es."
„Das versteht wieder kein Mensch", protestierte ich. „Das können wir nicht einsehen!"
„Und wie lautet deine letzte Frage?"
„Wie Gott ist."
„Oh, ich dachte, du hättest gefragt, ob Gott ist oder wer ist Gott."
„Nein, ich fragte: Wie ist Gott?"
„Auf Wer ist Gott? hätte ich eine Antwort gewußt."
„Aber ich frage: Wie ist Gott?"
„Ich weiß es nicht", sagte der Teufel.
Da fuhren wir bereits an den ersten Häusern von Graz vorbei.
„Das geht so nicht", rief ich aufgeregt, „so schnell darf die Zeit nicht vergehen! Was kann ich tun, um die Zeit anzuhalten?"
„Stell mir eine wirklich schwere Frage", sagte der Teufel. „Eine Frage, über die ich nachdenken muß. Über deine Fragen mußte ich nicht nachdenken. Die ersten drei waren zu leicht. Auf die letzte weiß ich nichts zu sagen, und wenn ich eine Million Jahre darüber

nachdenken würde, weil es auf diese Frage für mich nämlich keine Antwort gibt."
„Wieviel kostet ein Viertelkilo Butter", fragte ich.
Der Zug blieb stehen. Schon waren wir im Bahnhof Graz. Alles blieb stehen. Die Menschen auf dem Bahnsteig blieben stehen, die Tauben in der Luft, der Zeiger der Bahnhofsuhr von der Firma Schauer, der Spuckeklumpen, den ein Passant aus dem Mund blies.
„Wieviel Zeit gibst du mir für die Antwort", fragte der Teufel.
„Drei Minuten", sagte ich.
„Gib mir fünf", sagte er.
„Nein, nur drei", sagte ich. Denn ich dachte, es muß herrlich sein, dem Teufel zu diktieren.
„Also gut, drei Minuten", sagte er und blickte auf seine Armbanduhr.
Und dann fing er an zu rechnen, brauchte dazu seine Finger, strampelte sich die Schuhe von den Füßen und zählte auch mit den Zehen und zählte dazu noch mit den Knöpfen seines grobkarierten Anzugs. Ein Auf und Ab von Hand zu Fuß zu Knopf war das. Am linken Fuß war nur ein Huf, aber es war ein gespaltener Huf, so daß er beim Zählen ebenfalls eingesetzt werden konnte. Die langen dünnen Ohren brannten wie Lötkolben. Das Blondhaar versengte sich zu grau-weißer Asche. Die Augen waren weiß wie geschälte, hartgekochte Eier.
Am Ende, gerade als die drei Minuten um waren und nur ein uraltes Gespenst von ihm übrig war, sagte der Teufel: „Ein Viertekilo Butter kostet zweiundzwanzig Schilling fünfzig. Habe ich recht?"
„Ich weiß es nicht", sagte ich.
„Was, du weißt es nicht?" schnaubte er mich an. Sein Atem war nur noch lauwarm. „Wie wollen wir jetzt herauskriegen, ob ich recht habe?"
„Warum?" sagte ich. „Warum sollen wir das denn überhaupt herauskriegen? Es interessiert mich ja gar nicht, was ein Viertel Butter kostet. Was ist, wenn du recht hast? Holst du mich, wenn du recht hast?"
„Kein guter Tag für Geschäfte", sagte er und erhob sich langsam und mühsam.
„Was geschieht mit der Zeit", fragte ich. „Bleibt sie stehen bis in Ewigkeit?"

„Nein“, sagte er. „Sobald du mich nicht mehr siehst, hat der Zug einfach nur am Bahnhof Graz gehalten, und alles ist wie immer.“
„Und du weißt wirklich keine Antwort auf die Frage, wie Gott ist?“
„Gott weiß nicht, wieviel ein Viertekilo Butter kostet“, sagte er. „Und er kann es auch nicht ausrechnen. Nicht einmal mit Fingern und Zehen und Knöpfen, wie ich es kann.“
Dann verließ der Teufel mein Abteil, und die Zeit ging weiter. Normal langsam. Und ich war in Graz.

Peter A. Krobath
Seniorenausflug, öS 79–

Darf ich um Aufmerksamkeit bitten! Vielen Dank, danke sehr. Ich begrüße alle ganzganz herzlich. Wir haben ja bereits einen Teil unseres Programms hinter uns, aber wir haben ja auch noch etwas vor uns, und drum mach ich es jetzt ganz kurz. Anschließend an meinen Vortrag gibt's das Mittagessen und dann das Programm für den Nachmittag bitte sehr, das haben wir aus aktuellem Anlaß etwas erweitert, wir werden nach der kleinen Rundfahrt einen Abstecher an die Grenze machen und versuchen, so nah wie möglich heranzukommen.

Bravo! – Ich hab an Operngucker mit. – Ich auch. – Ist dort überhaupt noch was los?

Bitte herhören! Danach, nach dem Grenzabstecher, geht's dann, wie in der Einladung steht, ins bekannte Landgasthaus Oberberger, dort haben wir eine Musi organisiert und einen Humoristen, und erst wenn jeder eine gute Laune hat, auch die, die jetzt vielleicht noch ein bisserl bös schaun, weil das mit der Putenjause heut vormittag nicht geklappt hat, also erst wenn wirklich jeder gute Laune hat, dann mit guter Laune nach Hause. Sind Sie damit einverstanden?

Applaus.

Prima, dankeschön, danke, wir haben scheinbar doch das Richtige für Sie gefunden. Sie, und jetzt möcht ich ganz kurz meine Assistentin vorstellen, das ist die Frau Margit. Mein Name ist Steiner, ich bin seit Anfang dieses Jahres in unserer Firma für den Verkauf zuständig und ich hab da auch gleich einiges geändert, und das erste, was ich gesagt habe zu meinem Vertreter: Bei uns bitte jetzt weg von die langen Werbevorträge. Wissen S', wo Sie drei Stunden sitzen, da heraußen steht einer drei Stunden lang, und zum Schluß weiß niemand mehr, worum es da eigentlich gegangen ist. Die Vorträge sind jetzt also kürzer, nur hätt ich eine kleine Bitte: Damit das neue System funktioniert, müßten Sie mir auch ein bisserl helfen und während des Vortrags vielleicht nicht tratschen, dann muß ich nicht alles zwei Mal sagen und wir sind dann früher an der Grenze und haben mehr Zeit.

Applaus. – Was hat er von der Grenze gesagt? – Pssst!

Für die, die heute vielleicht zum ersten Mal bei einem unserer schönen Seniorenausflüge mitfahren, möchte ich zunächst ein paar Worte über die Firma sagen. Die Firma Sukka gibt's jetzt seit zwölf Jahren, und seit zwölf Jahren arbeiten wir für das Schönste, was man sich auf dieser Welt vorstellen kann: Wir arbeiten für das Wohlbefinden der Menschen. Das Bekannteste von unserer Firma, ich glaub, das haben viele von Ihnen bereits zu Hause, das Bekannteste von uns waren und sind noch immer unsere Silikon-Kuschelpolster. Silikon, das kennen wir ja alle, von die Computer, von der Weltraumtechnik, ja, und einige kennen das noch von woanders her, nämlich von die Schönheitsoperationen. Aber bitte, weil jetzt einige gelacht haben, das Silikon hat eine ganz wunderbare Eigenschaft, es ist nicht nur federleicht und weich, es hat auch die Eigenschaft, sich im Sommer schön kühl und im Winter schön warm anzufühlen. Und das ist es, was unsere Polster zu den angenehmsten und bequemsten Polstern macht, die was es gibt auf der ganzen Welt! Bitte aufpassen, ich hab hier ein paar Polster mitgebracht, und wenn sie in der Pause mit dem Handrücken einmal ganzganz zart drüberfahren, dann werden Sie selber spüren, was ich meine. Doch halt, weil ich's gerade da liegen seh, schnell noch zu einem anderen Produkt der Firma Sukka: Kann mir jemand im Saal sagen, was ich da in der Hand halte?

A Hand. – Die Streichelhand! – Die Streichelhand!

Die Streichelhand. Ja, richtig, das ist unsere elektronische Massagehand, die sogenannte Streichelhand. Wie ich sehe, sind ja ungefähr die Hälfte von Ihnen schon Kunden von uns. Also für die Neuen wird die Frau Margit während dem Mittagessen einmal vorführen, für was alles man dieses originelle Massagegerät einsetzen kann. Na, die drei Damen am Mittelgang lächeln da ja ganz besonders schelmisch. Na, vielleicht können auch die Ihnen erzählen, was für phänomenale Stückerln unsere Streichelhand spielen kann, oder? Na bitte, keine falsche Scheu da im Mittelgang. Nur nicht rot werden, meine Damen, aber bitte. Glauben Sie mir, liebe Kunden, dieses Kribbeln, also sowas an Gefühl, bitte sehr, das schafft sonst keiner. Aber Sie brauchen sich jetzt keine Sorgen zu machen, daß ich da über etwas ins Schwärmen gerate, was Sie vielleicht eh schon kennen, unser Thema heute ist ein ganz anderes. Ja, meine Kunden, der eigentliche Grund für die Einladung heute ist ein kleines Wunder. Glaubt jemand an Wunder?

Ka Mensch. – Nur im Traum. – Was hat er gesagt? – Pssst!

Aber bitte, meine Kunden, in der Bibel! In der Bibel stehen ja schon einige Wunder drinnen. Und dann, was die Wissenschaft allein im zwanzigsten Jahrhundert alles bewerkstelligt hat, das sind zahlreiche kleine Wunder. Und so ein kleines Wunder ist vor drei Jahren unserem lieben Professor Hoffmann aus Gmünd geglückt. Sie haben sicher davon gelesen, ist in allen Zeitungen gestanden. Der Professor Hoffmann hat vor drei Jahren die sogenannten Gummerson-Strahlen entdeckt, und heute sind sie in etlichen medizinischen Bereichen bereits im Einsatz. Aber ich will Sie jetzt mit nix wissenschaftlich Kompliziertem niederreden, nur ganzganz kurz zu dem, was für uns jetzt wichtig ist: Die Gummerson-Strahlen wirken, da ist man draufgekommen, äußerst beruhigend auf das menschliche Nervensystem ein, wir sprechen da im Volksmund von einer Betäubung. Doch was hat das jetzt mit Ihnen zu tun, meine Kunden? Ich muß da ganz ein bisserl ausholen und bitte Sie jetzt einmal wirklich um Aufmerksamkeit. Meine Kunden, erinnern Sie sich noch, wie vor einigen Jahren der Eiserne Vorhang gefallen ist?

Vielstimmiges Ja.

Dann erinnern Sie sich vielleicht auch, wie daraufhin die ersten Gruppen von diesen Ostmenschen in Österreich eingefallen sind und wie rapid bei uns da plötzlich die Kriminalität angestiegen ist. Ich sag in diesem Zusammenhang nur eines: Russen-Mafia. Jedenfalls hat mein Chef, der Herr Beyerle, vor ein paar Jahren entdeckt, wie sehr sich seine Kunden heutzutage ängstigen. Und wie zu Recht sie sich ängstigen, weil es in diesem Land, sind wir uns einmal ganzganz ehrlich, weil es in diesem Land niemanden gibt, der sich um die Sicherheit der älteren Leute bemüht. Es ist eine Schande! Und da ist Beyerle hergegangen und hat sich mit dem Professor Hoffmann zusammengetan, und was dabei herausgekommen ist, das will ich Ihnen heute auf der Stelle präsentieren. Bitte, meine Damen, meine Herren, schauen Sie alle einmal her: Ich zeige Ihnen heute das erste Gummerson Strahlengerät auf der ganzen Welt, das für den privaten Bereich hergestellt wurde, von der Firma Sukka für Ihre ganz persönliche Sicherheit, meine lieben Gäste!

Bravo. – Das schaut ja aus wie a Fernbedienung. – Wann kommt denn das Mittagessen?

Ja, meine Kunden, das Strahlengerät, wir nennen es kurz Betäuber, der Betäuber also sieht vielleicht ein bisserl so aus wie die Fernbedienung von einem Fernsehapparat, nur bitte, aufgepaßt: Bei diesem Gerät gibt es nur die eine rote Taste hier, sozusagen nur die Stop-Taste, wenn wir bei dem Beispiel bleiben wollen. Und hier vorne, sehen Sie, hier vorne kommen dann die Strahlen raus, in einem Winkel von dreißig Grad. Also, wenn jemand von Ihnen vielleicht schon ein bisserl schlecht sehen sollte, mit dem Betäuber kann er bestimmt niemanden verfehlen.

Was hat er gesagt? – Es ist wie bei der Fernbedienung, hat er gesagt.

Manche haben jetzt in den letzten Wochen gemeint, meine bisserl Genauen: Naja das, was der Steiner da draußen zeigt, das hat ja irgendwo was mit Waffen zu tun, was sagt denn da die Polizei dazu? Bitte bleiben Sie noch einen kleinen Moment auf Ihren Plätzen, denn hier geht's heute nicht um ein bisserl Luxus, um ein bisserl eine Bequemlichkeit oder um eine schönere Uhr, nein, heute geht's um Sicherheit, um Ihre Sicherheit, meine Kunden, und möglicherweise auch um Ihr Leben. Also, was ich sagen wollte: Der Betäuber, wie Sie ihn hier sehen, ist von den Behörden genehmigt und darf von jedermann über achtzehn verwendet werden. Sie sind ja schon über achtzehn, oder? Na also.

Über achtzig muß man sein? – Nein, nein, nur wer's kauft. – Pssst!

Lassen wir die Scherze, meine Kunden, reden wir einmal Klartext. Sie fragen sich sicher: Was sagt da die Polizei dazu? Es war bitte sehr ein Herr von der Polizei, und zwar der Herr Revierinspektor Quinz aus Traiskirchen, der was für uns den Betäuber einen vollen Monat lang getestet hat, und auf diesen zwei ganz eng bedruckten Seiten hat er zusammengestellt, wo überall er den Betäuber erfolgreich hat einsetzen können. Bei Rumänen, les ich da, bei Polen, Kurden, Albanern, also wirklich alles, was man sich vorstellen kann, ja selbst bei Pakistani, seh ich da unten gerade.

Und die Serben? – Die Russen? – Gibt's heut Fisch? – Nein, Schweinsschnitzl.

Bitte, liebe Kunden, wenn wir jetzt noch ein bisserl zusammenarbeiten, sind wir auch bald schon beim Mittagessen. Schauen Sie, ich zeig Ihnen hier heute nicht einen Staubsauger, der was ein bisserl besser saugt, oder einen Kochtopf, der was halt eine Minute schneller kocht, dafür wär mir Ihre Zeit, liebe Kunden, und ehrlich gesagt auch meine Zeit zu schade. Doch keine Minute sollte uns zu schade sein, wenn es wirklich ums Ganze geht. Ich sag nur ein Beispiel: EU-Osterweiterung. Na, ich glaub, jeder hier im Saal weiß, was das bedeutet. Also bitte, wenn's ums Ganze geht, warum nicht gleich eine richtige Waffe, fragen jetzt vielleicht ein paar alte Kämpfer. Das kann ich Ihnen sehr wohl sagen, liebe Herren: weil der Betäuber einfach besser ist! Besser als eine Pistole! Besser als ein Gewehr! Besser als jede Waffe!

Besser als jede Waffe, so a Blödsinn! – Pssst! Ich will endlich was essen!

Besser als jede Waffe, hab ich gesagt, und ich weiß, im ersten

Moment klingt das ein bisserl angeberisch. Aber schauen wir uns das einmal genauer an. Schauen wir uns das einmal ganz genau an. Hat jemand von Ihnen einmal mit Einbrechern zu tun gehabt? Nein? Wirklich nicht? Na, dann gratuliere ich. Da kann ich nur sagen, ich steh hier anscheinend vor lauter Glückskindern. Nur, aufgepaßt, liebe Glückskinder: Das Glück ist ein Vogerl. Nix gegen Tiere, aber auf ein Vogerl will ich mich in so einer wichtigen Sache wirklich nicht verlassen. Was mach ich mit diesem Vogerl, wenn mir da plötzlich wirklich ein Einbrecher gegenübersteht, so wie das einem Bekannten von mir eben erst passiert ist. Das ist gerade erst zwei Wochen her. Eine böse Geschichte, sag ich Ihnen. Mehr möcht ich hier lieber nicht erzählen, nur das eine darf ich Ihnen verraten: Mein Bekannter hat zwei Pistolen zu Hause, aber das hat ihm nix genutzt. Und heute, zwei Wochen nach diesem Vorfall, hat er auch einen Betäuber zu Hause, und ich sag Ihnen: Er weiß ganz genau, warum. Wissen Sie, meine Damen und Herren, wissen Sie warum?

Na, wir kennen ihn ja net. – Sie ham ihn an verkauft. – Ja, er hat ihn an verkauft! Ha, ha!

Nun, meine Kunden, Sie kennen ja alle die Gesetze bezüglich Privatwaffen. Zumindest die, die welche haben, werden sie sicher kennen. So eine private Waffe muß man nicht nur getrennt von der Munition aufbewahren, sondern auch noch eingesperrt, und, machen wir uns nix vor, bis Sie die in der Hand haben und dann auch noch geladen, sind Sie schon längst dreimal ausgeraubt und viermal überfallen und fünfmal niedergeschlagen worden, wenn nix Schlimmeres. Das ist die Realität, da will ich Ihnen hier nix vormachen, auch wenn dem einen oder anderen von Ihnen jetzt der Appetit aufs Mittagessen vergangen ist. Und noch etwas, liebe Kunden, was man gar nicht bedenkt, bevor man in so einer Situation ist, nur kann das katastrophale Folgen haben ...

A Erdbeben! – Die Russen-Mafia? – Was hat er vom Mittagessen gsagt?

Liebe Kunden, was die wenigsten bedenken, bevor es so weit ist: Sie sind nur Menschen. Ja, nehmen wir ruhig einmal den unwahrscheinlichen Fall an, Sie haben zufällig Ihre geladene Pistole in der Hand in dem Moment, wo ein Einbrecher die Kellertür aufmacht und Ihnen ganz plötzlich gegenübersteht, Gesicht zu Gesicht: Würden Sie gleich schießen? Wenn der jetzt dasteht und Sie erschreckt anschaut mit seinen großen Augen, vielleicht noch ein junger Bursch, keine zwanzig, also ich weiß nicht. Ich persönlich würd keine Hand dafür ins Feuer legen, daß ich gleich schieß. Und vielleicht hätten Sie, meine Damen, und sogar auch Sie, meine Herren Kämpfer, in so einer Situation genauso Hemmungen wie ich. Sprechen wir einmal ganz offen: Wer hätte Hemmungen? Wer Hemmungen hätte, zeigt auf. Ja, na bitte, das sind ja nicht wenige. Und das ist ja auch etwas ganz Natürliches, liebe Kunden! Das ist ja nicht etwas, wofür man sich genieren müßte! Wir alle sind nur Menschen! Es gibt beim Menschen, das werden Ihnen auch die Herren Wissenschaftler bestätigen, diese ganz natürlichen Hemmungen, einen anderen Menschen zu töten. Und das ist auch gut so. Wer weiß denn schon, ob er sich dann nicht jahrelang mit einem schlechten Gewissen quälen muß oder ob er gar von Alpträumen gequält wird, das kann einem vorher ja niemand sagen, bitte sehr! Es ist also kein Wunder, wenn man mit der Pistole in der Hand erst einmal zögert. Und eh man sichs versieht, hat man dann schon ein bisserl zu lange gezögert, und der Einbrecher ist über alle Berge, mit all Ihren Ersparnissen, und dann reut Sie's vielleicht ein Leben lang.

Ich hätt gern so an Silikonpolster zum Ausborgen. – Psst!

Aufgepaßt, meine Kunden! All diese Probleme können Sie sich jetzt mit dem Betäuber ersparen. Beim Betäuber brauchen Sie keine Munition. Den Betäuber brauchen Sie nicht versperrt aufbewahren. Und ganzganz wichtig, ich mein vom Menschlichen her: Beim Betäuber brauchen Sie keine Hemmungen zu haben! Sie drücken einfach auf diese rote Taste da, die Stop-Taste, wie das vorhin jemand von Ihnen richtig gesagt hat. Wir können das später vielleicht einmal ausprobieren. Natürlich gegen Ihren Wellensittich oder gegen Ihr armes Hunderl richten Sie den Betäuber lieber nicht, für die könnt dann die Dosis doch zu hoch sein. Aber ich seh schon an der großen Empörung hier im Saal, daß Sie, meine

Kunden, nie auf den Gedanken kommen würden, jemals den Betäuber gegen eine arme hilflose Kreatur zu richten. Und ich muß Ihnen ganz ehrlich sagen, meine Damen und Herren, wenn ich mir über die moralische Disziplin von Ihnen, die Sie hier im Saal sitzen, nicht von Anfang an absolut sicher gewesen wäre, ich hätt Ihnen ein paar Kuschelpolster und ein paar Streichelhände verkauft und die Schutzstrahlengeräte, die hätt ich erst gar nicht ausgepackt, ja, nicht einmal erwähnt, darauf gib ich Ihnen hier auf der Stelle mein Ehrenwort.

Applaus.

Die Bedienung, meine Damen und Herren, ich bitte um Ihre Aufmerksamkeit! Mit der Bedienung ist das, wie gesagt, absolut kein Problem: Sie drücken die Stop-Taste, und der Einbrecher, oder welcher Bandit auch immer, fällt betäubt zu Boden. Sie haben jetzt jede Menge Zeit, um die Polizei zu holen oder sonst welche Maßnahmen zu ergreifen. So einfach ist das. Also bitte, um eines klarzustellen, eine Garantie dafür, daß Sie jetzt vielleicht vor allen Gefahren sicher sind, kann ich verständlicherweise niemandem geben, ich bin ja kein Zauberer, und wenn ein Ziegel vom Dach fällt, Sie kennen ja diesen berühmten Fall, der alle hundert Jahre einmal eintrifft, da kann ich klarerweise auch nix dagegen machen. Aber etwas kann ich Ihnen heute versprechen: Mit dem Betäuber am Nachtkastl können Sie garantiert ruhig schlafen gehen, mit dem Betäuber im Plastiksackerl können Sie garantiert ruhig einkaufen gehen, mit dem Betäuber im Handgepäck können Sie garantiert ohne Angst auf Reisen gehen. Etwas Besseres können Sie für Ihre Sicherheit nicht tun.

Was kostet denn der Spaß?

Auf diese Frage hab ich jetzt schon gewartet. Bitte, was den Preis betrifft, da muß ich Ihnen gleich sagen: Diese Geräte sind nicht billig, ja, sogar eher ein bisserl teuer. Bitte, ich sag Ihnen gleich, was es kostet, aber einen Satz noch vorher. Ich versprech jetzt jeden von Ihnen etwas: Wegen dem Zahlen und dem Geld soll heute bei niemandem von Ihnen die Sicherheit aufs Spiel gesetzt werden.

Wenn mir jemand sagt, ich brauch nix tun für meine Sicherheit, laß den Schneider da draußen nur reden, weil mir kann eh nix passieren, da muß ich diesen Herrschaften leider sagen, daß dem nicht so ist. Ich wünsch bei Gott niemanden was Böses, aber die Erfahrung zeigt leider, daß gerade die, die da rufen, mir kann nix passieren, dann oft teuer bezahlen müssen. Und zwar nicht mit Geld. Wenn es einmal wirklich ums Leben geht, meine Damen und Herren, machen wir uns nix vor, dann kann Ihnen alles Geld der Welt nicht mehr helfen. Helfen können Sie nur durch Vorsorge. Und um die muß man sich heute kümmern, denn morgen ist es bereits zu spät. Reden wir Klartext, meine Kunden: Mit all den Steuern und Lizenzgebühren kommt das Gerät hier, wir haben das auskalkuliert, auf 16.000 Schilling. Moment, Moment!

Wahnsinn! – Der spinnt ja! – Ich bin ja ka Geldscheißer nit!

Moment, Moment! 16.000? Bitte, stellen wir einmal die Relation her. Das kostet ein bisserl ein besserer, modernerer Fernseher auch, und da fragt keiner. Ohne Talkshow und Fußballübertragung können wir ja heute scheinbar nimmer leben. Und wenn der Fernseher kaputt ist, wird natürlich ein neuer gekauft, hab ich Recht? Na also. Da wird nicht lange überlegt. Aber bitte, meine lieben Gäste, ich hab heute eine Überraschung für Sie dabei. Sie haben Glück, daß Sie heuer am Anfang unserer Werbevorträge mit uns diesen Ausflug machen, denn nun aufgepaßt! Aufgepaßt, nun mach ich was, aus Gründen der Werbung, und Ihre Mundpropaganda, meine Damen und Herren, ist mir die beste Werbung, drum geb ich heute die zwanzig ersten Strahlengeräte um den Preis her, um den wir sie vom Professor Hoffmann netto bekommen: Ja, meine ersten Zwanzig zahlen heute, denn heute geht's nicht ums Geschäft, sondern rein um die Werbung, die ersten Zwanzig zahlen heute für das Gummerson-Schutzstrahlengerät nicht 16, nicht 15, nicht 13, nicht 12, auch nicht 10 Tausend Schilling! Nein, meine Zwanzig bekommen heute den ersten Sicherheitsschutz der Welt um nur 9.980 Schilling!

Also, wenn er's um so viel billiger gibt, kanns nix wert sein. – Man sollt es vielleicht einmal ausprobieren, heut nachmittag, an der Grenz.

Einmal in Ihrem Leben 9.980 Schilling, das sollte Ihnen Ihre Sicherheit schon wert sein, denn ich geb Ihnen hier was, das noch gut 50 Jahre lang seinen Dienst tut und Sie jeden Tag ruhiger und damit auch glücklicher macht. Also, die Frau Helga wird jetzt herumgehen und den Interessierten gelbe Zettel geben, bitte, diese Zettel ganz fest halten, denn mit denen bekommen Sie nicht nur Ihr Gerät, das ist auch gleichzeitig schon der Garantieschein, also nicht vergessen, Name und Adresse einzutragen und zum Schluß, was fehlt dann noch?

Das Mittagessen!

Die Unterschrift, richtig. Wenn dann alle unterschrieben haben, lassen wir die Schweinsschnitzeln hereinspazieren und lassen's uns einmal so richtig gutgehen! Das hamma uns wirklich verdient, gell!

Applaus.

Ich danke Ihnen, dankeschön. Vergessen S' nicht zu unterschreiben, die Frau Helga hilft Ihnen bei der Adresse und so. Dankeschön! Danke! Sie waren wirklich ein Super-Publikum! Die Schweinsschnitzeln bitte!

Paulus Hochgatterer
Anaconda

Genau genommen beginnt die Geschichte damit, daß Frankreich gegen Brasilien mit 2:0 in Führung geht. Sie beginnt mit jener Sekunde am Ende der ersten Hälfte, in der Zinedine Zidane aufsteigt, hoch über den brasilianischen Abwehrspielern den Flankenball nimmt und durch die Beine von Roberto Carlos ins Tor köpft. Barthez reißt jubelnd die Arme in die Höhe, die Augen Liliam Thurams schweben zwei Fingerbreit vor seinem Gesicht, Deschamps heult beinahe, und in mir entsteht das Gefühl, daß wieder etwas beginnt in Erfüllung zu gehen. Es ist das gleiche Gefühl wie damals, als sie meinen Stiefvater abholten, und meistens muß ich dann auf der Stelle fort, egal wohin, und die Menschen bekommen ziemliche Schwierigkeiten mit mir. Die Geschichten gehen nie gut aus, daran ändert auch nichts, daß Petit ganz am Schluß noch einen nachschiebt, Deschamps jetzt eindeutig heult, ich auch, und Frankreich tatsächlich Weltmeister ist.

Zwei Tage später liege ich neben einem Aluminiumhandkoffer genau über der Tür eines Schlafwagenabteils. Das heißt, liegen ist heillos übertrieben, in Wahrheit stecke ich mehrfach gefaltet in dieser Nische, in der eigentlich nichts Platz hat außer vielleicht einem zweiten Aluminiumhandkoffer. Der orangefarbene Vorhang, der mich gegen die Welt abschirmt, riecht wie ein Stück Konzentrat von Eisenbahn, die Wandverkleidung gibt bestenfalls einen Zentimeter nach, wenn man sich an sie preßt, und dem Aluminumkoffer scheinen sie vor kurzem die Kanten scharfgeschliffen zu haben. „Die Klimaanlagen in den Zügen funktionieren nie", sagt der kleinere der beiden Glatzköpfe, die sich da unterhalb von mir im Abteil befinden. Das stimmt einerseits, andererseits ist das wirklich Tragische daran, daß er unrecht hat und ich weiß, daß die Klimaanlagen sehr wohl manchmal funktionieren, ab und zu zumindest. Dann macht es

direkt unter mir dieses Getränkedose-wird-Mitte-Juli-geöffnet-Geräusch, gleich darauf rinnt etwas glucksend in eine Kehle, und ich weiß, daß es, genau genommen, mein Cola ist, das die beiden da trinken. „Auf die Zukunft!“ sagte der zweite. Er hatte eine Art Papageienstimme. Auf die Zukunft! – Sehr witzig! Ich liege da und leide. Das alles nur, weil ich mich im Schaffner geirrt habe.
Auf dem Gürtel gab es einen Stau, das machte mich ziemlich zappelig. Dem Taxifahrer erzählte ich irgendwas von meiner Mutter, die nach einem halbjährigen Forschungsaufenthalt aus Paris zurückkommt, wo sie sich mit der computermäßigen Errechnung vollkommener Zahlen beschäftigt hat, und daß ich mich nach sechs Monaten schon ziemlich auf sie freue und nicht zu spät kommen will, und so fort; – alles von Philipp abgelauscht, genau genommen. – Ja, ja, vollkommene Zahlen, sagte der Taxifahrer, die Mayas hätten da schon was gewußt, vor allem die Zahl siebenundzwanzig sei ihnen heilig gewesen. Er schwafelte von einem Observatorium, über das sie mit den Außerirdischen kommuniziert hätten, und von seinem Lebenstraum, Macchu Picchu zu besuchen und dort seine Finger in die nicht vorhandenen Ritzen zwischen diesen gewaltigen Felsblöcken zu legen. Siebenundzwanzig!! Außerirdische!! Zwei plus zwei ist fünf! Immerhin trat er aufs Gas, übersah am Schluß noch ein Abbiegeverbot und kam etwas nach halb acht am Westbahnhof an, drei Minuten vor Abfahrt des Intercity Wien – Paris. Ich gab ihm einen Fünfziger Trinkgeld. Weil er dermaßen blöd schaute, rief ich ihm noch zu: „Mein Vater ist reich!“ oder so ähnlich.
Ich startete durch, ließ im Vorbeilaufen am Buffetstand in der oberen Halle ein Salamisandwich, eine Dose Cola und eine Pakkung Gummibären mitgehen und hörte, daß der Zug angesagt wurde, als ich den Bahnsteig erreichte.
Ich hatte fix mit Reisel gerechnet, diesem ausgezehrten Blonden, der einen immer so von unten anschaut, wenn er die Fahrausweise kontrolliert, sonst übrigens auch, der, seitdem ich ihn kenne, dieses fürchterliche Vanille-Rasierwasser verwendet, *Ave Maria* oder *Spiritus Sanctus* oder wie es heißt. Ich war sicher, es würde ablaufen wie immer, begab mich auf die Toilette des dritten Waggons von hinten und drehte den Riegel halb herum, so daß die Tür einerseits abgesperrt war, andererseits der Sichtstreifen außen halb Rot, halb

Weiß zeigte. Reisel würde dieses Signal erkennen, zweimal klopfen; ich würde von innen zweimal klopfen, – alles klar.
Sie hatten versucht, mir das Salamisandwich mit zwei dicken Fleischtomatenscheiben zu versauen. Ich klebte sie so auf den Toilettenspiegel, daß ich mich aus eineinhalb Schritten Entfernung betrachten konnte und es aussah, als trage ich eine biologische Anti-Lachfalten-Maske oder eine total absurde Brille. „Dominik", würde Reisel sagen, „Dominik, du bist wieder einmal hier." Er würde rote Wangen haben und ganz flach und hastig atmen. Mit den Handflächen würde er außen an seinen Hosenbeinen auf und ab streichen, die Daumen vorne an den Bügelfalten. „Ja, ich bin hier", würde ich antworten, möglichst viel Frost in der Stimme und durch ihn hindurchschauen wie mit einem Röntgenfernglas. Er würde gierig zu zittern beginnen, am ganzen Körper.
An der Salami hatten sie gespart, dafür hatten sie Butter druntergeschmiert. Manchmal machten ziemlich ahnungslose Menschen Salamisandwiches.
Als es zweimal klopfte, öffnete ich meinen Gürtel. Ich drehte den Rücken zur Tür, und ehe ich zur Antwort klopfen konnte, wurde von außen der Riegel herumgedreht. Im Spiegel erblickte ich dieses quadratische stoppelbärtige Gesicht, das ganz und gar nicht Reisel gehörte, die Stirnglatze, den kurzen Hals, die eingedrückte Nase. Langsam wandte ich mich um und stellte meine Mimik auf indifferent. Der Schaffner musterte mich. Seine dunkelbraunen Knopfaugen blieben schließlich an meinem offenen Gürtel hängen. Er grinste. „Hamma uns vergnügt?" fragte er, und, als ich stumm blieb: „Wohin fahr ma denn?" – „Nach Paris", sagte ich.
„Nach Paris? Hamma eine Fahrkarte?"
„Nein."
„Dann werden wir wohl beim nächsten Halt aussteigen."
„Nein", sagte ich, „Sie werden mir eine Fahrkarte geben, und ich werde bezahlen." – „Paris ist weit", sagte er, „das kostet eine Menge Geld." – „Ich habe eine Menge Geld", sagte ich und zückte die Börse. Er wirkte ein wenig enttäuscht und nahm den elektronischen Fahrscheindrucker von seiner Schulter. „Fährt der junge Herr erster oder zweiter Klasse?" fragte er. „Wo ist Reisel?" fragte ich. Er hob die Augen von der Tastatur und blickte mich überrascht an. Allmählich schien er irgendwas zu verstehen und begann zu

grinsen. „Reisel“, sagte er, „Reisel fährt seit letzter Woche nach Prag und nach Berlin, auf eigenen Wunsch.“
Es war dieses dreckige Lachen, das mich ausklinken ließ, die eingezogene Oberlippe, der schwärzliche Zahnstein und die Art, in der er „Reisel“ sagte, mit einem leichten S-Fehler: „Reisel“. Ich griff nach dem Fahrscheindrucker und schlug ihm das längliche Gerät mit aller Kraft gegen die Nase, eine Kante exakt in den Knick, den er dort schon hatte. Er ging in die Knie und kippte nach vorne, so daß seine Stirn das Waschbecken berührte. Er hatte die Augen weit aufgerissen. Wie in Zeitlupe hob er die rechte Hand gegen sein Gesicht. Aus beiden Nasenlöchern wölbte sich hellrot das Blut. Ich schleuderte den Fahrkartendrucker von mir. Das Ding zerplatzte unmittelbar neben dem Spiegel an der Wand.
Die beiden Tomatenscheiben waren ein gutes Stück nach unten gerutscht, das war das letzte, das ich sah, bevor ich rannte.
Ich sprintete nach vorne, in Richtung Lokomotive. Rein physikalisch war ich somit der schnellste Punkt an dem ganzen Zug, v ist gleich v1 plus v2, bezogen auf die Erdoberfläche im niederösterreichischen Alpenvorland zirka einhundertachtzig Stundenkilometer. Sobald man nicht mehr hingehen muß, geht einem die Schule ab, so in der Art zumindest. Ich war vermutlich auch der einzige Punkt, der soeben eine Straftat begangen hatte. Gerade noch leichte Körperverletzung, allerdings an einer Amtsperson. Gehört vermutlich in die gleiche Kiste wie Polizistenmord. In den Staaten setzt man Polizistenmörder ganz allein in einen Raum, den man mit einer Tür dicht abschließt, die aussieht wie ein Schiffsschott. Man setzt sie auf einen gelben Stuhl, legt ihnen Gurten an und so weiter und so fort. Ich habe einmal eine Reportage darüber im Fernsehen gesehen. Ich war allerdings schon vorher gegen die Todesstrafe. Obwohl ich allen Grund hätte, dafür zu sein.
Nachdem ich drei Waggons durchlaufen hatte, blickte ich zurück. Er folgte mir nicht. Einer Weißblonden in schwarzem Leder, die rauchend auf dem Gang stand, sagte ich, der Schaffner habe mir in den Schritt gegriffen und jetzt sei er hinter mir her. Sie solle um Gottes willen nicht sagen, daß ich hier vorbeigekommen sei. Ich bemühte mich, möglichst verzweifelt dreinzuschauen. Sie machte einen Rauchkringel und nickte. Ihre linke Augenbraue war wegrasiert; stattdessen befanden sich dort zumindest fünfzehn Silberrin-

ge. Unter anderen Umständen hätte ich sie gefragt, wo sie denn noch solches Zeug hängen habe. Ihre Augen waren grün, die Wimpern rotblond, die rechte Braue auch. Schnitte Schnalle Schnuckelkatze. Unter anderen Umständen. Wenn meine Handflächen nicht so kaltschweißig gewesen wären. Ich dachte kurz an Helene, daran, wie sich ihre Augen verschleiern, wenn sie den Einfühlsamen kriegt, und ich ihr dann immer auf die Titten starren muß, und der Einfühlsame dann meistens sofort wieder verschwindet. Ich dachte daran, daß Chuck total abfährt auf Helene, wahrscheinlich auch Wolfgang und alle anderen Betreuer außer Sally, und daß ich mir manchmal vorstelle, wie Chuck Helene berührt und ich ihn dann vernichten muß, erbarmungslos, obwohl er mir in Wahrheit der Liebste von allen ist.

Ich schaltete auf eine Mischung aus unschuldig und verwirrt, als ich die Schiebetür zum ersten Schlafwagen öffnete. Die Wahrscheinlichkeit, daß sich das Dienstabteil samt Schlafwagenschaffner auf dieser Seite des Wagens befand, war schätzungsweise fünfzig Prozent. „Das Schlechte ist immer das Wahrscheinlichere", pflegt Philipp bei derlei Gelegenheit zu sagen, und dann hat er tausenderlei Beispiele an der Hand, wie zum Beispiel die Lehrer, die dein Heft garantiert dann kontrollieren, wenn du die Hausaufgabe das eine von zehn Malen nicht gemacht hast, oder den Warenhausdetektiv, der dir genau an dem Tag die Hand auf die Schulter legt, an dem du dir in der Früh auf der Flucht vor dem Straßenbahnkontrollor den Knöchel verstaucht hast und nicht rennen kannst.

Das Schicksal war auf meiner Seite, die Dienstkoje fünfundzwanzig Meter weit weg und der Schlafwagenschaffner selbst nicht zu sehen. Beim vierten Bettenabteil stand die Tür offen. Es war unbesetzt. Nirgendwo ein Reservierungszettel.

Warenhausdetektiv und Mich-Erwischen ist zirka genauso unvereinbar wie Philipp und Hausaufgaben. Ich rede vom Erwischen, nicht vom Mich-Stellen. Manchmal stelle ich mich freiwillig einem dieser Regalschnüffler, sinke auf die Knie, bereue zutiefst und so weiter.

Ich schloß die Tür vorsichtig von innen. Die Betten waren noch nicht ausgeklappt. Ich setzte mich, stellte die Cola-Dose auf das Fenstertischchen und besaß sonst nur noch die Gummibären.

Dieser Hunger, wenn man eben um Haaresbreite dem Fallbeil oder den Handschellen oder insgesamt dem Jüngsten Gericht entgangen ist, dieser Kannibalenhunger, und keiner da, der Gummibären gegen ein zweites Salamisandwich tauscht. Ich legte die Beine hoch und stellte mir vor, wie ich Helene in die verschleierten Augen blicke, wie ich meine linke Hand auf ihre rechte Schulter lege und meine rechte Hand auf ihre linke. Ich bin dabei, meine linke Hand gegen ihren Nacken vorzuschieben und mit der rechten ganz leichte quetschende Bewegungen zu machen, und ich sehe ihre Gänsehaut und kriege auch eine, da beginnt dieses Verhängnis namens Sankt Pölten. Seit es Landeshauptstadt ist, halten auch die Intercities in Sankt Pölten. Dabei hat Sankt Pölten nicht einmal einen Klub in der Bundesliga. Früher haben sie angeblich in der Bundesliga gespielt, und irgendsoein berühmter Argentinier hat für die Mannschaft gestürmt, einer, der in einem WM-Finale Argentinien mit zwei Toren zum Titel geschossen hat, geradeso wie jetzt Zidane Frankreich. Das muß allerdings in der Steinzeit gewesen sein, als ich noch nicht auf der Welt war. Und diesen Argentinier hat Sankt Pölten unter Garantie ruiniert.
Der Zug wurde langsamer, gelbe Flutlichter knallten herein, obwohl es draußen noch gar nicht wirklich dunkel war, und auf dem Bahnsteig standen fünfundsiebzig Menschen, die mit ihren Koffern alle aussahen, als wollten sie im Schlafwagen von Sankt Pölten nach Paris fahren. Ich bekomme eine düstere Vorahnung und schaue mich um. Die Hände trockengewischt, Klimmzug, mit den Beinen etwas nachgeschoben, schon bin ich oben im Geheimfach. Zusammengefaltet, Vorhang zu! Eine heiße Hölle, die nach Bundesbahn stinkt.
Der Zug war längst wieder angefahren, und eine leise Hoffnung begann sich in mir zu regen, es könnte doch niemand kommen, als ich unter mir die Tür gehen hörte. „Wenn Sie die Betten ausgeklappt haben wollen, holen Sie mich." – Die Stimme auf und ab singend, irgendwie jammernd. Offenbar der Schlafwagenschaffner. Koffer wurden geschoben, die Türe geschlossen, dann: „Hier hat jemand eine Dose Cola vergessen." – Die Papageienstimme. „Und einen Sack Gummibären." – Eine zweite Männerstimme, tiefer und weicher. „Eine Falle", sagte der erste. Sie begannen beide zu lachen. „Die Coladose eine Sprengfalle."

„Und Gift in den Gummibären."

„Gib her, ich möchte sterben!"

„Ich auch, an einer Gummibärenvergiftung."

Irrsinnig lustig! Sie rissen den Sack auf. In gewisser Weise waren es doch meine Gummibären! Sie schmatzten.

Christoph erzählt, bei seiner Psychotherapeutin steht ein riesiger Plastikbehälter mit Gummidinosauriern auf dem Schreibtisch. Eigentlich geht er nur in die Psychotherapie, sagt er, um mit diesem weißen Greifzängelchen bunte Gummidinosaurier herauszufischen und in sich hineinzustopfen. Seine Psychotherapeutin behauptet, das ist ein Phänomen des Widerstandes, wenn nicht sogar bereits die Übertragungsneurose. Christoph meint, er versuche erst gar nicht, ihr das auszureden, außerdem hat er keine Ahnung davon, was eine Übertragungsneurose ist. Christoph ist fett, macht nachts in die Tuchent und hat auf dem linken Auge eine Hornhauttrübung. Irgendwann möchte er die Hornhaut von einem Mörder transplantiert bekommen, sagt er manchmal. „Der böse Blick statt dem Fischauge", sagt er. Psychotherapie ist was für Leute wie Christoph, denke ich, inklusive Gummidinosaurier.

Sie schoben erneut Sachen hin und her. „Es ist eng hier drin", sagte der mit der dunkleren Stimme. Der Papagei klang ein wenig gereizt: „Ja, ziemlich eng. Wo geben wir die Anaconda hin?" Hin- und Hergeschiebe. Es quietschte. „Genau. Wo geben wir die Anaconda hin?" Ich konnte spüren, ungelogen, wie sie in meine Richtung schauten, immer vehementer, durch den orangefarbenen Vorhang direkt auf mein Gesicht. Die Anaconda, fiel mir ein, tötet ihre Opfer, indem sie sie erdrosselt. Sie frißt kleine Kinder und Hängebauchschweine, jeweils am Stück. Sie kann dazu ihre Kiefer ausrenken.

(*Anaconda* ist der Beginn einer in Arbeit befindlichen Erzählung, die den Arbeitstitel *Caretta caretta* trägt.)

Barbara Neuwirth
Das ähnliche Gesicht

„Diese Frau, die ich liebte“, sagte Mistral, „war nicht anders als andere Frauen. Ich lernte sie bei der gemeinsamen Arbeit des Adventkomitees der Stadt kennen, in der ich von meiner Firma als Regionalleiter eingesetzt worden war. Durch Zufall wurde ich Zeuge eines Gesprächs, das sie mit einer mir bereits bekannten Frau führte. Sie sprach völlig ungezwungen über ein Verbrechen, das man an ihr verübt hatte. Ich wagte nicht, mich ihr zu nähern, aus Angst, sie mit meiner Aufdringlichkeit in Verlegenheit zu bringen. Trotzdem versuchte ich, ihre Aufmerksamkeit zu erregen. Ich schlug dem Komitee ein gemeinsames Abbrennen aller Christbäume am sechsten Jänner vor. Als Schauplatz nannte ich die Hügelkuppe, wo die Sonnwendfeiern stattfinden. Die Reaktion war unvermutet heftig: Während ein Lager sich gebärdete, als wäre ich der leibhaftige Teufel, lobten mich die Dummköpfe der Stadt aufs unerträglichste. Die Intelligenz schwieg verstört: Ihr Wunsch, sich keinem dieser beiden Lager anzuschließen, machte es ihr unmöglich, Stellung zu nehmen.
Der Abend verlief in einem Tumult, und schließlich brach der Bürgermeister die Versammlung ab, damit die Gemüter sich beruhigen konnten. Beim Verlassen des Saales traf ich, gelenkt durch den Zufall, auf Lisa, und sie sah mir voll Interesse ins Gesicht. Sie lachte. Sie lachte so, als hätten wir gemeinsam einen kleinen, übermütigen Plan ausgeheckt, der alle Honoratioren der Stadt in Verwirrung bringen sollte, und der aufs beste geglückt war. Dieses offene, fröhlich zärtliche Lachen unterwarf mich ihren Launen. Ich lachte zurück. So begegneten wir einander das erste Mal.“
Mistral schenkte sich etwas Wein in den Becher, er beugte die Schultern vor, bis sein Gesicht sich selbst beschattete, und seine Stimme setzte so ruhig ein, daß die Anstrengung, die dahintersteckte, sich auf seinen Zuhörer übertrug.

„Beim nächsten Mal, als ich sie auf der Straße beim Einkaufen traf, zauberte sie sofort wieder dieses vergnügte Lachen auf ihr Gesicht, das mich glauben machte, mein Anblick freute sie. Ich schritt auf sie zu und bat sie, ihr beim Tragen der Tasche helfen zu dürfen. Sie lud mich zum Kaffee. Bald plauderten wir über Gott und die Welt, und als ich aufblickte, war der Tag der Nacht gewichen, und wir hatten Stunden im Gespräch verbracht, lachend und grübelnd. In ihren erstaunten Augen sah ich, daß sie nicht weniger verblüfft war. Wir trennten uns ohne Verabredung. Es war nicht nötig, denn am nächsten Tag schon führte uns der starke Wunsch, einander wiederzusehen, zusammen. Als ich den Bus benutzte, entdeckte ich sie, und sie war ebenso wie ich auf dem Weg zu einer Ausstellung. Gemeinsam betrachteten wir die skurrilen Objekte und kehrten schließlich in einem Café ein. Wir waren die letzten Gäste, die aufbrachen. Diesmal war unser Abschied weniger gelöst; wir hielten einander an den höflich vom Körper gestreckten Händen, betrachteten einander voll Verlangen und gingen getrennte Wege. Am darauffolgenden Morgen kam sie zu mir. Ich hatte sie nicht erwartet, meine Zimmer waren unaufgeräumt. Ohne einen Blick auf die Unordnung zu werfen, setzte sie sich aufs Sofa und begann zu sprechen: ‚Ich denke nur noch an Sie. Es ist anstrengend, und es verwirrt mich. Ich möchte sie gerne in meinen Armen halten und Ihren Körper spüren. Ich bin zu Ihnen gekommen, und ich biete mich Ihnen an. Allerdings nur so, wie ich bin. Ich wünsche zu wissen, was Sie für mich empfinden. Ich will Ihre Geliebte werden. Aber hören Sie gut zu: Ich werde es nur sein, wenn ich die einzige Frau bin für Sie. Bedeutet eine andere Frau Ihnen ähnliches, dann werde ich gehen. Ich kann Ihre Geliebte sein, wenn ich für Sie einmalig bin.'
Mir war bei ihren Worten ganz heiß geworden. Sie, die Frau, die ich begehrte, bot sich mir mit den offensten Worten als Geliebte an. Ihre Bedingungen waren mir gleichgültig. Nachdem sie ihre kleine Rede beschlossen hatte, blieb sie unbeweglich in dem großen Möbel sitzen. Ich räusperte mich und antwortete; ‚Ich will dich, Lisa. Ich will, daß wir einander vertrauen.' Gleichzeitig war es mir aber unmöglich, mich ihr zu nähern, meine Knie zitterten, und ich stand einfach so da. Unsicher erhob sie sich und kam auf mich zu. Wir standen nahe, beide voll Angst und Freude. Zaghaft berührte

ich ihre Oberarme und beugte mich zu ihr. Unsere geschlossenen Lippen streiften übereinander.“

Mistral brach ab. Diesmal zitterten seine Hände, als er nachschenkte.

„Wir verbrachten die Nacht zusammen. Ich war verwirrt und doch glücklich. Es war anders als sonst, schön und doch vorsichtig. Ich wußte nichts von ihr. Das war es, was ich in dieser Nacht lernte.“

„Von da an waren wir die meiste Zeit beisammen, und die anfängliche Freude wich einer zögernden Vertrautheit, die durch die leisesten Vorfälle verscheucht werden konnte. Wir sprachen viel miteinander. Sie erzählte ein wenig aus ihrer Kindheit, und ich beantwortete ihre Fragen sorgfältig. Oft unterhielten wir uns über die Situation der Gemeinde, über die Probleme der Region und des Restes der Welt. Später verstummten wir manches Mal, aber es beunruhigte uns nicht, es war eine Phase der Ruhe. Wir sahen einander jeden Tag und jede Nacht. Unsere Leidenschaft wuchs. Und doch: Immer wieder spürte ich, daß sie sich von mir löste, wegtrieb von unserer Gemeinsamkeit, mich betrachtete, als wäre ich ihr vollkommen gleichgültig. Auch bei mir gab es Tage, da fühlte ich keine Verbundenheit mit ihr, aber ich wußte, daß diese Phasen nur Stunden anhielten. Wenn sie von mir abgelöst war, erschien sie mir unerreichbar fern, mich hätte sie jederzeit durch die geringste Anstrengung zurückholen können. Vor allem, wenn wir einige Tage getrennt waren, entwickelte sich bei ihr diese Kühle und Selbstbestimmtheit, in der ich keinen Platz zu haben schien. Ich begann, die Trennungen zu fürchten.“

„Zu jener Zeit erschien ein Unbekannter in der Stadt, der den Posten eines Bibliothekars übernahm. Er war eine eigentümliche Gestalt, ein bißchen bucklig fast. Sein überaus dichtes Haar kämmte er straff aus der Stirn, um aus schläfrig halboffenen Augen die Bibliotheksbenutzer zu mustern. Er war mir vom ersten Augenblick an unangenehm. Ich erzählte Lisa von meinem Widerwillen, und sie lachte und sagte, daß auch ihr seine besonders starke erotische Ausstrahlung aufgefallen sei. Ihr Spott unterhielt mich, und gemeinsam malten wir uns aus, daß die biederen Damen nun von einer krankhaften Lesewut befallen würden, um in der Bibliothek an ihm vorbeistreifen zu können und seinen Körper zu riechen. Noch nie zuvor hatten wir uns über andere Menschen lustig gemacht, und bald erschien mir unsere Fröhlichkeit zynisch und der Spott grausam. Ich bat Lisa, das Thema zu beenden, aber meine Zurückhaltung ließ sie nur noch hitziger fortfahren, beflügelt von den wenigen Worten, die ich am Anfang unseres Gesprächs beigesteuert hatte. Eine Aufregung hatte sie erfaßt, die ich nie zuvor an ihr gekannt hatte. Schließlich brach sie mit den Worten ab: ‚Er ist eindeutig eine Bereicherung für unsere Bibliothek.' Ihr Schweigen erleichterte mich. In den folgenden Wochen sprachen wir nicht mehr über den Bibliothekar, und ich vergaß ihn. Meine Beziehung zu Lisa war noch intensiver geworden. Wenn ich sie erblickte, begehrte ich sie. Manchmal genügte es, einen Augenblick nur an die Weichheit ihres Schoßes zu denken, um mich vollkommen zu verwirren. Ich war maßlos glücklich."

„Und doch ... eines Tages, als ich in der Bibliothek war, entdeckte ich Lisa in der Nähe des Scheusals. Ich weiß nicht, warum ich es tat, aber ich näherte mich ihnen so, daß sie mich nicht bemerken konnten. Lisa hatte ein Buch mit beiden Händen ergriffen, das auch er noch hielt. Mit Erstaunen sah ich, daß er schöne Hände mit zartgliedrigen Fingern hatte. Lisa atmete sehr laut. Etwas bewahrte mich davor, jetzt aus dem Schatten des Regals hervorzutreten. ‚Ich will, daß du mich anfaßt', hörte ich Lisa sagen. Mein Herz stockte. Der Fremde richtete sich auf und antwortete mit sanfter Stimme: ‚Ich will dich nicht begehren. Du gibst mir nur Teilchen von dir. Es schadet mir, dich zu begehren und teilen zu müssen. Lieber lasse ich mein Begehren für dich sterben, als mich zu quälen.'

Hatte Lisa auch Worte gewählt, die sie mir gegenüber so oft benutzt hatte, so hatten mir doch erst die seinen gezeigt, daß ich von einem Augenblick zum anderen mit ihm in die gleiche verzweifelte Lage gestürzt war. Ich verlor meine Liebe zu Lisa. So plötzlich habe ich noch nie einen Menschen gehaßt.

Ich verbarg mich vor ihnen, um schweigen zu dürfen. Und abends kehrte ich zu Lisa zurück und hatte alle bösen Gefühle vergessen. Ich weiß nicht, wie das geschah, aber ich stand ihr gegenüber, als wäre mein Wissen um ihren Betrug wie etwas aus der Welt Gelegenes. Ich vergaß alles und immer wieder, nur unterbrochen von den Stunden, da ich sie berührte. Kaum lag sie in meinen Armen, verwandelte ich mich in das kleine, bucklige Scheusal – ihre

Küsse galten nicht mir, sondern ihm, ihre Seufzer antworteten seiner Kraft. Ich war er."

Mistral schwieg eine Weile. Endlich hob er den Kopf. Ihn ein wenig schüttelnd, sagte er: „Über ein Jahr lang dauerte dieser Zustand. Dann fiel mir auf, daß ich begonnen hatte, mich wie er zu bewegen. Ich zog den Kopf ein wenig nach vorne, und es entstand der Eindruck, mein Rücken wäre hoch gewölbt. Ich schleifte den einen Fuß etwas nach; schon fragten mich Bekannte, wo ich mich verletzt hätte. Und dann, eines Tages, sah mir Lisa ins Gesicht und sagte: ‚Du hast einen fremden Blick, seit Wochen wird es noch schlimmer. Er ist ablehnend und kalt. Du gibst dir nicht einmal Mühe, deine Lider ganz zu heben, so wenig Interesse hast du an deiner Umwelt.' Da wußte ich, daß ich sie mit seinem Blick beobachtet hatte. Ich strich mir das Haar aus der Stirn und wartete, daß sie näher kommen würde. Als ich sie umfing, klagte sie leise: ‚Wer bist du?' Ich verstand sie. ‚Ich bin Mistral', sagte ich. Es klang wie eine Lüge. Es war eine Lüge."

Mistral erhob sich geräuschvoll. „Verzeihen Sie", bat er seinen Mitreisenden und verließ das Abteil mit schwankenden Schritten. Nichts an ihm entsprach seiner Beschreibung des Rivalen, außer vielleicht die sensiblen, delikat geformten Hände. Es dauerte lange, bis er zurückkam. Sein dunkler Bart glänzte perlend naß. Außer dem Schlagen der Schienenränder war es ganz stumm um die beiden Männer. Der Fremde, dem Mistral seine Geschichte anvertraut hatte, blickte Mistral begierig an, den Schluß zu erfahren.

„Es kam der Tag, da Lisa mich zur Rede stellte. ‚Mistral', sagte sie, ‚du bist nicht mehr der Mann, dem ich mein Begehren bekannte. Ich weiß nicht, wer du bist, ich weiß nicht, was du bist. Du hast dich so verändert, daß ich manchmal denke, ich stünde vor einem anderen. Du legst dir plötzlich ein Hinken zu, ohne den geringsten Grund zu haben.' ‚Weißt du, vielleicht ist doch eine Verletzung daran schuld', unterbrach ich sie, aber sie beachtete meinen Einwand nicht. Mir kam ganz überraschend in den Sinn, was sie zu Anfang unserer Beziehung gesagt hatte. ‚Erinnerst du dich daran, daß du mir gesagt hast, ich dürfe keine andere Geliebte neben dir

haben?' Sie erblaßte. ‚Hast du eine andere?' So selbstsüchtig war sie, daß sie in diesem Moment nur daran dachte, ob ich ihrer Forderung nachgekommen sei. Auf ihrem Gesicht öffneten sich Blumen roter Flecken, sie atmete durch den Mund, um all die Luft einzusaugen, die ihr aufgeregter Körper trinken mußte.
‚Mistral, ich bitte dich, mir Antwort zu geben.' ‚Und was ist mit dir?' Mit einer Handbewegung wischte sie meinen Anspruch zur Seite. ‚Ich habe dir niemals versprochen, keinen anderen zu haben. Du hast es auch niemals von mir verlangt.' ‚So gilt nur das, was mit Worten festgelegt wurde?' fragte ich ungläubig. ‚Hast du eine andere?' Sie war nur an dieser Frage interessiert. Ich hörte mich selbst ‚Ja' sagen. Eine traurige Ruhe erfaßte sie."

Mistral lehnte bewegungslos in den Polstern, als er weitersprach. „Ich sprach über den Bibliothekar. Sie nickte nur, sagte: ‚Ja, er ist mein Geliebter. Er gefiel mir, weil er dich abstieß. Er war das Gegenteil von dir, am Anfang. Dann seid ihr euch immer ähnlicher geworden. Er wurde du, und du bist wie er. Oft wollte ich euch beide verlassen, dann wieder schmeichelte es mir, das Medium zu sein, das euch verbindet, obwohl ihr einander verabscheut.' ‚Der einzige Grund, warum wir einander ablehnen, bist du.' Sie senkte die Lider, als sie weitersprach. ‚Du weißt, daß ich einmal Opfer eines Verbrechens geworden bin. Als sehr junges Mädchen hatte ich eine Liebesbeziehung zu einem älteren Mann. Er formte mich, wie er es nannte, zu einer eigenen Persönlichkeit. Doch eines Tages, als ich durch Zufall in seinen Papieren auf das Foto einer Frau stieß, die ihn vor langer Zeit wegen eines anderen verlassen hatte, bemerkte ich, daß er mich genau zu ihrem Ebenbild geformt hatte. Nicht mir stand er gegenüber, sondern einem ihr ähnlichen Gesicht, das er aus mir gemacht hatte. Ich wurde krank durch diese Erkenntnis, traurig und krank. Man brachte mich in ein Sanatorium, wo ich einige Jahre blieb. Denn nachdem ich begonnen hatte, die fremde Persönlichkeit abzuhäuten, war ich hilflos: Ich hatte noch keine Zeit gehabt, eine eigene zu entwickeln. Es dauerte sehr lange, bis ich mir Sicherheit nur durch mich selbst geschaffen hatte. Aber ich hatte mir geschworen, nie wieder das ähnliche Gesicht einer anderen Frau zu sein.' ‚Und mir mutest du zu, das ähnliche Gesicht eines Scheusals zu sein!' schrie ich.

‚Wenn du es so genau wissen willst: Du bist selbst ein Scheusal. Ich weiß, daß du mich vor langer Zeit einmal mit ihm beobachtet hast, doch du warst zu feige und zu bequem einzuschreiten und zu fragen: Was soll dann mein Platz sein an deiner Seite? Du bis austauschbar, weil du selbst prächtig mitgespielt hast dabei.'

‚Hör auf', sagte ich. Ihre Grausamkeit überstieg mein Fassungsvermögen. Ich war völlig von ihrer Zuneigung abhängig in diesem Augenblick. Sie hatte mich in ihrer Gewalt."

Mistral starrte ins Leere.

„Wir trennten uns. So wenige Worte für einen so langen Schmerz! Um ihr nicht zufällig zu begegnen, suchte ich um meine Versetzung in eine andere Stadt an. Ich zog weg. Seit mehr als einem Jahr lebe ich jetzt woanders. Ich habe wieder eine Frau gefunden. Sie ist nicht das, was Lisa für mich war, aber ich bin zufrieden."

Mistral schloß die Augen. Die beiden Männer dösten. Draußen umschlang die pechdunkle Nacht den Zug wie ein endloses Etui. Unbarmherzig gähnte später das Morgenlicht über den Horizont. Mistral streckte seinen verspannten Körper. Er reichte dem Mitfahrer die Hand, als der Zug in den schlaftrunkenen Bahnhof einfuhr. „Leben Sie wohl", sagte er.

Der Fremde stand auf, als Mistral das Abteil verlassen hatte. Er trat auf den Gang und öffnete ein Fenster. Am Bahnsteig unter ihm ging Mistral vorbei. An seiner Seite trippelte eine unscheinbare, braunhaarige Frau. Ihr junges Gesicht war wie von einem Netz feiner Sprünge überzogen, Falten zukünftiger Ängste. Mistral bot ihr seinen Arm, und während sie dem Ausgang zustrebten, sank sein Kopf nach vorne, und sein Rücken rundete sich grotesk.

Der Fremde schloß das Fenster, kehrte ins Abteil zurück und barg seinen Kopf in seinen zarten Händen.

Monika Helfer
Herr Knecht

Gerade noch hatte Herr Knecht den Nachtzug Zürich – München erreicht. Er schob sein Gepäck vor sich her, zwei Koffer aus Stroh, die mit Lederriemen verschnürt waren. Da fuhr der Zug bereits. Herr Knecht stand im Abteil und hielt Ausschau nach einem Sitzplatz. Er redete laut und unverständlich. Wir konnten nichts verstehen. Das Licht ging aus. Er bewegte sich im Dunkeln auf uns zu, schob seine Koffer vor unsere Füße und setzte sich uns gegenüber. Es wurde eng. Er schlug seine Beine mit Schwung übereinander und traf dabei die Knie meines Mannes.
„Eine Zumutung!“ sagte mein Mann.
„Meine galante Unterwürfigkeit!“ konterte Herr Knecht.
Mein Mann verschrieb sich Stille. Ich griff in meine Tasche und träufelte diskret Parfum auf ein Taschentuch.
„Immer wenn ich einsteige“, sagte Herr Knecht, jetzt in bemüht leisem Ton, „geht das Licht aus. Kein Grund zur Panik. 120 Sekunden. Sehen Sie. Gleich wird es wieder hell.“
Das Licht ging an. Wir sahen den verwahrlosten Herrn Knecht, seine Stirn glänzte, und er wirkte wie einer, der unter zu hohem Blutdruck leidet. Ich schätzte sein Alter zwischen vierzig und fünfzig. Herr Knecht erhob sich, reichte uns die Hand und stellte sich vor.
„Knecht mein Name und passenderweise, denn ich war ein Knecht und warte darauf, wieder einer zu sein.“
Seine Hand war wider Erwarten trocken und sein Händedruck gewaltig. Hatte er nur meine Fingerknöchel so hart aneinandergedrückt? Mein Mann jedenfalls ließ sich nichts anmerken.
Der Schaffner fragte uns, ob wir uns belästigt fühlen.
„Was fällt Ihnen ein!“ sagte Herr Knecht. „Hier hat sich gerade eine Zuggemeinschaft gebildet.“
Mein Mann winkte ab.

„Die Koffer kommen ins Netz!“ sagte der Schaffner, „Verstanden!“ Er machte Anstalten, einen Koffer zu heben, ließ wieder davon ab.
„Zu schwer“, sagte er.
„Die Koffer bleiben, wo sie sind“, bestimmte Herr Knecht. „Das entscheiden weder Sie noch ich, sondern die Dinge im Koffer. Möchten wohl alle wissen, was in den Koffern ist. Ich sage: Diskretion. Eines nur: Man nehme zur Kenntnis, daß die beiden Gepäckstücke versichert sind.“
Seine Rede war für mich bestimmt.
„Ich hasse Beschönigung, mich ekelt vor Ebenmaß.“
Er sah auf meine Hände.
„Man sollte Sie nicht mit den Händen arbeiten lassen. Das paßt nicht zu ihrer Erscheinung.“
Ich fühlte mich geschlagen. Gleich würde sich mein Mann aufregen. Ich spürte seine Unruhe.
„Mein Lieber, ich sehe es wie ein Theaterstück“, flüsterte ich ihm zu.
„Ich aber hasse das Theater“, sagte mein Mann.
„Seit sieben Tagen bin ich ein wohlhabender Mensch“, begann Herr Knecht. „War vordem arm. Erbschleicher bin ich nicht, sollten Sie das vermuten, was ich zwar kaum glaube, weil meine Ausstrahlung vom Gegenteil überzeugt. Gibt es diesbezüglich Fragen?“
Wir reagierten nicht.
Er öffnete seinen obersten Hemdknopf, scheitelte mit den Fingerkuppen der rechten Hand sein fettiges Haar und fuhr fort:
„Ich hatte den Vorzug, das Erbe der Generalin anzutreten. Sie war in Wahrheit eine Geschäftsfrau. Für mich bleibt sie die Generalin, wenn Sie wissen, was ich meine.“
Ich sah in meiner Fantasie eine Folterkammer, eine Frau in schwarzem Leder undsoweiter, peitschte einen dicklichen Mann – es war eine Szene aus einem französischen Film. Ich suchte nach dem Namen der Hauptdarstellerin, einer klassisch blonden Frau, die sicher auch Hitchcock gefallen hätte, weil Hitchcock ausschließlich mit diesem Typ besetzte – da taxierte mich Herr Knecht, und ich erschrak:
„Sie übrigens haben etwas von der Generalin an sich. Einen Hauch.

Der Hut hält die Haare aus dem Gesicht und zeigt, was Sache ist. Schöne Stirn. Ordentlicher Gesichtsschnitt. Kein Firlefanz. Keine verdächtigen Locken über den Augen. Klarer Blick. Sie sollten nicht arbeiten mit den Händen. Das wäre billig und heilsam."
Ich drückte den Arm meines Mannes.
„Sie hatte Klasse, die Generalin. Hier der Beweis!" Er kramte aus seiner Innentasche ein Foto und reichte es mir. „Vermeiden Sie unwürdige Arbeiten!"
Ich griff nach der Hand meines Mannes.
Es war ein Faschingsfoto. Herr Knecht, mit einem spitzen Kasparhütchen auf dem Kopf, umarmt eine Greisin. Sie trägt einen Turban, wahrscheinlich, weil sie keine Haare mehr auf dem Kopf hat. Er schmachtet sie an, sie blickt eiskalt in die Kamera. Er ist ihr zugeneigt, sie sitzt aufrecht, hat ihren Ellbogen auf dem Glastisch, die flache Hand unter ihrem Kinn. Ringe blitzen an den Fingern. Auf dem Tisch steht einer von diesen Kübeln, in denen man Sekt kühlt. Die Sektflasche hat Übergroße. Girlanden hängen vor einem getönten Hintergrund.
„Sie besaß eine Schmuckfirma in Frankfurt. Auf welche Art ich sie kennengelernt habe, soll ich erzählen? Sehen Sie, die Frage steht im Zugabteil, und ich nehme Ihnen die Mühe, sie auszusprechen. Ich erzähle frank und frei. Ich bin ein Mann aus dem Osten. Hat mich meine Sprache verraten? Ich kenne Goethe und Schiller und weiß von Kleist. Ich kann Heinegedichte deklamieren, und das Firmament ist mir nicht fremd. Ich war der einzige, dem sie vertraute. Sie hatte ihre Brieftasche auf dem Postamt liegen gelassen. Vor meinen Augen. Ich besaß nur eine Geldbörse. Sie erkannte in mir den Ehrenmann. Von der Untermiete beförderte sie mich in die Hauptmiete. Ich war ihr erster Gedanke. Das ist ein Zitat.
Ein Schicksalsschlag. Sie stürzte und fiel und starb in der Pflegestation. Sie glauben auch nicht an einen Unfall? Ich war an ihrer Seite. Stunde um Stunde. Geier kamen und gingen, probierten, ihr den Schmuck vom Hals zu reißen. Ich spreche die Wahrheit. Ich kam dazu, als ihr Neffe mit Gewalt versuchte, ihre Ringe von den gichtigen Fingern zu ziehen. Echter Schmuck natürlich. Sie ist begraben worden mit den Brillanten."
Herr Knecht biß sich schief in die Lippen.
„Wenn ich sterbe, hatte sie mir gesagt, weine nicht, Knecht. Doch

weine, Knecht, aber keine Tränen. – Das befolgte ich. Meine Augen füllten sich mit Tränenflüssigkeit, der Wimpernansatz war feucht. Ich hielt den Kopf gerade."
Herr Knecht sah mich strafend an. „Sie können mir getrost glauben. Lügen ist nicht meine Art. Ich werde mich jetzt sammeln und Ihnen eine Kostprobe geben."
Wir fuhren auf St. Margarethen zu. Herrn Knechts Augen glänzten wie Spiegel. Da bremste der Zug. Tränen rannen Herrn Knecht über die Wangen.
„Das war nicht fahrplanmäßig", sagte er, „zu früh. Was für ein Versagen! Die Schuld liegt nicht bei mir."
Zöllner kamen und kontrollierten die Pässe. Herr Knecht wurde aufgefordert, seine Koffer zu öffnen. Er weigerte sich, sagte, er sei mit uns bekannt, wir würden für ihn bürgen.
„Mitkommen", sagte der Zöllner.
„Was gibst du mir", sagte ich zu meinem Mann, „wenn ich jetzt auf den Lichtschalter drücke?"

Heinz Janisch
Nach Lissabon

Erzählung

Wagner hatte eine Frau kennengelernt in Coimbra. Ihr Name war Paula. Sie war jung, wollte ihm ihr genaues Alter nicht sagen.
„Nicht mehr zwanzig, noch nicht dreißig!"
Obwohl Wagner nur der Zuschauer sein wollte, der Schauende, der niemandem seinen Anfang aufzwingt, so hatte sich doch ein Gespräch mit Paula ergeben.
Sie hatte ihn angesprochen. Sie sah ihn in einem Buch über Coimbra blättern. Sie fragte ihn, ob sie ihm einige schöne Plätze zeigen sollte. Sie selbst sei auf Urlaub in ihrer Heimatstadt. Sie habe drei Tage frei, das Restaurant, in dem sie als Kellnerin arbeitete, habe geschlossen. So saßen sie in der Sonne, und die Sonne wärmte ihre Haut, die Sonne brachte sie zueinander.
Wagner hatte es längst verlernt, zu handeln, zu fordern.
War er nicht ganz und gar ein Schauender, ein Zuhörender geworden?
Plötzlich wußte er nicht mehr, was das war: Küssen. Sein Mund hatte keine Vorstellung mehr davon. Er erinnerte den Geschmack des Küssens nicht mehr!
Das Schauen, das genaue Hinschauen, wurde zur ersten Berührung.
Wagner sah die vielen dunklen Sommersprossen in ihrem Gesicht.
„Mein Samtgeflecht!"
Er sah, wie die Stadt hinter ihr leuchtete wie eine soeben geöffnete Hand.
Daß sie blaue Augen hatte, erschien ihm wie ein Versprechen.
Später, mitten in der Stadt, fragte sie ihn, unvermittelt, unerwartet:
„Haben sich deine Augen verändert, am Meer?"
„Ich bin neugierig auf den Grad unserer Fremdheit", sagte Paula.
„Laß uns ans Meer fahren. Ich habe gerade Streit mit meinem Freund, und zu meinen Eltern will ich nicht gehen. Darf ich zu dir ins Hotel kommen?"

Paula, das Mädchen aus Coimbra, kaufte sich von seinem Geld eine Zahnbürste und Unterwäsche.
Mit dem Zug fuhren sie ans Meer.
Als sie müde wurde, legte sie ihren Kopf an seine Schulter.
Im Hotelzimmer zog sie sich schweigend aus, sie legte sich nackt aufs Bett.
„Ich habe Sehnsucht nach einem Mann, der mich begehrt. Der mich nicht kritisiert, nicht abwehrt, der mich nicht verdächtigt. Ich will geliebt werden. Jetzt."
Paula wollte einen Anfang, der sie über ein Ende hinwegtrösten sollte.
„Ich bin es müde, zu kämpfen."
Später, am Meer, dachte er: „Sie ist eine Schönheit. Und das Meer weiß es."
Am Abend gingen sie in ein Kino.
Nach dem Kino, in einer Bar, trafen sie Freunde von Paula. Während ein Junge sie zärtlich auf den Nacken küßte, schaute sie ihm – dem Beobachter – prüfend in die Augen. Sein Blick war die eigentliche Zärtlichkeit.
Im Film:
„Sie war schön!"
„Und was war das Schönste an ihr?"
„Das kleine Muttermal auf der Wange."
Paula wollte ins Hotelzimmer gehen. Paula wollte ans Meer. Sofort. Jetzt. Paula wollte mit Wagner allein sein. „Ich möchte von dir gerettet werden. Aber ich weiß nicht wie!"
Paula stand nackt vor dem Spiegel.
„Gefallen dir meine Brüste? Sind sie nicht viel zu alt für mich? Sehen sie nicht müde aus? Sie sind älter als mein Körper. Schau, wie erschöpft sie aussehen. Sehen sie nicht traurig aus?"
Paula sprach mit ihm, ohne ihn zu meinen. Sie schlief mit ihm, ohne wach zu werden an ihm. Sie gehörte ganz sich selbst, sie entfernte sich mit jeder Bewegung, sie kehrte mit jeder Bewegung zurück.
„Schau, die Eltern im Park, die über ihre spielenden Kinder wachen. Die Verschwörung der Dompteure!"
Paula war eine Schauende, so wie er. Und alles war ihr ein Anfang.
„Und woran erkenne ich, daß du jetzt hier bist? Bei mir?"

„Weißt du, was ich von meiner Mutter geerbt habe? Die Lust, rote Kleider zu tragen!"
„Wenn ich zuviel getrunken habe, dann beginnt etwas in mir zu lachen."
Als es plötzlich zu regnen anfing, sagte sie:
„Endlich ein Abenteuer!"
An ihr konnte Wagner sich messen, an ihr konnte er seine Sehnsucht nach dem Anfang, nach dem Jetzt befriedigen.
Paula gehörte ganz dem Anfang, und beide wußten sie, daß sie auf den Anfang vertrauten, daß sie einander nichts vorzuwerfen hatten.
„Das wird ein ehrlicher Abschied", sagte Paula. Und Wagner dachte: „Wann habe ich das zum letzten Mal erlebt, mit einer Frau: Die Umarmung durch Sprache."
„Obwohl die Straßen trocken sind, spüre ich, daß es heute regnet!"
Paula erzählte von ihrem Mann, von dem sie sich nach drei Jahren Ehe getrennt hatte.
„Daß er zu lügen begann, machte ihn um Jahre älter. Die Lüge war seine eigentliche Müdigkeit."
Weil ihr in der Erinnerung plötzlich kalt wurde – sie erzählte vom Winter, vom Schnee – mußte sie sich im Restaurant den Pullover anziehen.
Sie gingen noch einmal ins Hotelzimmer.
„Wenn du jetzt die Fenster schließt, hört die Welt draußen auf!"
„Männer sind nie zärtlich. Sie sind nur einsam."
„Manchmal bin ich gut aufgehoben in einem Gesicht. Schau jetzt nicht weg."
Als sie sich umdrehte, betrachtete er lange ihren Rücken, und es erschien ihm wie ein Abschied:
Hatte er noch eine Erinnerung an ihr Gesicht? War es ihm nicht schon fremd geworden?

In der letzten Nacht stand Paula lange beim geöffneten Fenster:
„Nichts ändert die Nacht."
Am nächsten Morgen fuhr Paula allein nach Coimbra zurück. Wagner blieb noch am Meer.

Walter Klier
Ein heißer Tag in Santa Cruz

„So als seien wir plötzlich aus dem riesigen Treibhaus, das zu durchqueren wir im Begriff waren, ins Innere einer Kühltruhe geraten“, so erzählte sie es später.
Wie schwer der Flügel des Tores zu öffnen gewesen war, außen mit geschnitzten und gemalten Heiligen verziert, abblätterndes Gold, Himmelblau, Dottergelb, Rosa, durchbohrte Herzen, Blutrot, nach oben verdrehte Augen. Innen rohes Holz, splitterig grob, wie ein Käfig, eine Falle, als sei mit dem Öffnen und Schließen der großen Tür augenblicklich die Notwendigkeit verschwunden, den Prunk weiter durchzuhalten.
Oder das Innere einer Konservendose, die sich im Inneren eines Eisschranks befindet, so kalt, so dunkel.
Bis der gepflegte alte Herr an einem Seitenaltar gleich mehrere der langen, dünnen, auf Eisenstifte gesteckten Kerzen entzündete, mit einer Selbstverständlichkeit, als sei dies sein Wohnzimmer und die Kerzen die gewöhnliche Beleuchtung, und sich behutsam auf einem der niedrigen strohbezogenen Stühle niederließ. Das weiße Haar schimmerte, als habe es seine eigene, wenn auch geringe Leuchtkraft. „Ich bin mir sicher, daß er die dunklen Brillen nicht abnahm, nicht einmal hier, ich dachte, er sei blind oder so etwas“, sagte sie. „Ich dachte, wie ist er durch die schwere Tür gekommen, es mußte für regelmäßige Besucher wie ihn und die schwarzen krummen Weiblein einen leichteren Zugang geben, eine versteckte Seitentür, nur wir Touristen zwängten uns durchs Hauptportal, dessen einziger Zweck doch war, die Kruste aus Blattgold und Marzipan zu vervollständigen.“
In dem Maß, wie die Augen sich an die Dämmerung gewöhnten, trat die Marienstatue hervor, das süße Lächeln, ein wenig entrückt, die himmelblauen Augen, weiße Haut, die Rechte weist auf das von sieben Schwertern durchbohrte Herz. Das war die eine der Kost-

barkeiten, deretwegen man nach Auskunft des Reiseführers nach Santa Cruz kommen mußte – und sie beide außerdem, weil John es gesagt oder vielmehr angeordnet hatte.
Dazu ein paar verstaubte Statuen von einem wenig begabten, hier in den Kolonien, weil es sonst niemanden gab, zu Ruhm gelangten Bildhauer, und diese steinernen Kisten mit mumifizierten oder zu Staub zerfallenen Raufbolden, die Inschriften halb lateinisch, halb spanisch und die Reliefs staubig, wie zugeweht. Das war alles. Mehr nicht. Und alles nur wegen John. Hätten wir nicht auf ihn gehört. Was heißt hier Umweg. Die ganze Reise ein Umweg, eine Strapaze, ein riesenhafter Schnörkel aus dem eigentlichen Leben weg. Der geringste Umweg wäre gewesen, daheim in Erding zu bleiben. Aber das ist eine andere Geschichte. Es war der jedem Reisenden bekannte Moment, wo das ganze Unternehmen, aus welchem Blickwinkel auch immer betrachtet, sinnlos erscheint oder vielmehr, wo es nur mehr einen Blickwinkel gibt.
„Stand also im Halbdunkel im Inneren der modrigen Dose neben Shirley und haderte mit mir, mit ihr, mit John, mit der Welt.
‚Lets go', flüsterte Shirley, ‚mir reichts. Ich friere.'
‚Okay', sagte ich. ‚Mir reichts auch. Ich friere auch.'"

„Das Klo ist gräßlich. Stinkt wie die Pest. Dazu ein Schwarm Fliegen um den Hintern. Daran gewöhn ich mich nie." Shirley ließ sich in den Stuhl fallen und streckte die Beine unter dem wackligen Tisch durch, ehemals weiße, jetzt graubraune Turnschuhe, keine Socken, die Knöchel braungebrannt wie das Gesicht, die Arme, der Hals, dem kurzgeschorenen Haar sah man die Naturlocken an. Sie schaute über den Platz, auf dem unter der furiosen Begleitung der Hupen der Verkehr stockte und zu einem die ganze Stadt lähmenden Stau eskalierte, und sagte, „Wenigstens der Kaffee ist in Ordnung. Solang man die Tassen nicht zu genau inspiziert."
Susanne sagte, „Wir müssen sehen, wie wir von hier wieder wegkommen."
Aus einer tiefen Tasche der Latzjean holte Shirley den Zettel und versuchte, die mit dickem Filz geschriebene Adresse zu entziffern, darunter eine Skizze, ein paar plumpe Striche, der quadratische Platz, von dem eine breite Straße wegführt, die dritte Nebenstraße links mit einem Kreuzchen, daneben in Blockschrift HOTEL

EDEN, sie sagte, „John“, und wie sie das sagte: sie liebte ihn, war wieder bei ihm an dem warmen Strand an dem warmen, verdatterten Morgen, er hatte es fertiggebracht, sie in diese halb zerbröselte, halb hochmoderne Stadt (im aus dem Boden gestampft Werden schon heruntergekommen, eine stillose, hybride Form des Europäischen) zu schicken, was taten sie hier: ach ja: Dort erlebt ihr Bolivien, wie es wirklich ist. Wollten sie das? Wollte sie das? Ein wenig zu wirklich: leer, verfault, hektisch, Stahlbeton und unten rann die Kacke raus, zehnstöckige *edificios* (sie ahmte das zerhackte, hochfahrende, die Silben um sich her spreizende Kastilisch nach, auf das sich manche Bessere hier etwas einzubilden schienen), vollklimatisiert, Kabelfernsehen (zweitausend identische US-Programme) und Hallenschwimmbad und davor verhungernde kleine Kinder im Dreck –
„Der ganze Kontinent ist doch so“, sagte Shirley.
„Das ist es.“ Der Henkel der Tasse war so winzig, daß sie ihn mit nur zwei Fingern faßte. Sie spreizte den kleinen Finger weg, schlürfte, leckte sich die Lippen, wie immer ein paar Tropfen auf die Hose, was längst gleichgültig war, sie drehte, ohne es selber zu merken, an dem schmalen, goldenen Ring. „Wenn Bolivien *so wirklich* ist wie dieser Platz, dieses Café, diese Stadt, fahr ich lieber heute als morgen weiter.“
Sie schauten auf den Platz hinaus, nicht aufeinander. Dort verkeilten sich die Autos fleißig ineinander. Der Kellner tat seine Arbeit, sehr langsam. Shirley hatte die Hände hinter dem Kopf verschränkt, der Nacken glänzte vor Schweiß, die feinen Hände klebten auf der Haut. Der Kellner kam heraus, grüßte jemanden schräg hinter ihnen, der sich gerade gesetzt hatte und den sie schon kannten, alt, fragil, braun, allzu weiße Zähne, als er den Kellner anlächelte, der zu einem neuen, besseren Leben erwacht schien. Er sagte: „Wie immer.“ Er saß an dem Tisch, der am weitesten seitlich im Winkel zwischen der großen Scheibe und dem in den Platz hinausragenden Windfang stand. Etwas an seinem Stuhl schien ihm zu mißfallen, wohl ein Vorwand, er kam zu ihnen herüber, „Entschuldigen Sie, meine Damen, darf ich diesen hier nehmen?“
Er trug wie alle Betuchten hier einen weißen, sehr leichten Anzug, das Jackett, als habe er es eben vom Maßschneider geholt, keine Falte, kein Schweißfleck. Als er sie ansprach, hatte er den beigen

Hut gelüftet, alte Schule. Dabei berührte er den Hut nur an der hellgrauen Seidenschleife, die feine Hand, an der er einen goldenen Siegelring mit eingeebneter Gravur trug, war trocken, selbst das lederne Schweißband im Hut war trocken, das weiße Haar wie soeben gewaschen, Watte oder etwas Ähnliches.
„Nehmen Sie nur", sagte Shirley, „ich hoffe, er wackelt nicht wie dieser gräßliche Tisch."
„Er wird mich tragen, ich bin nicht sehr schwer." Er hob den Stuhl umständlich zu seinem Tisch hinüber. Susanne machte Anstalten, ihm zu helfen.
„Vielen Dank, nein, es geht schon."
Der Kellner brachte seinen Kaffee, bekam einen Geldschein (man hätte erwartet, es müsse in diesem Fall, bei *ihm* ein frischer, noch keinmal gefalteter sein, doch gegen die ausnahmslose Labbrigkeit der Banknoten kam auch er nicht an), bedankte sich, als sei der Alte sein persönlicher Freund, ja Gönner, „Zwei Zucker, wie üblich", der Alte rührte mit dem winzigen Löffel in der Tasse, nahm einen winzigen Schluck, müde, pensionierter Raubvogel, lehnte sich zurück.
„Wohin willst du heute noch fahren", sagte Shirley, „wenn sich dir dieser Ort so auf den Magen schlägt?"
„Auf den Magen noch nicht. Ich hab Hunger, du nicht?"
„Hast du irgendwo ein Restaurant oder dergleichen gesehen?"
„Ich möchte essen, dann weg."
„Wohin?"
„Mir egal, weg."
„Wenigstens einen Blick könnten wir auf das Hotel werfen. Bis wir weiterkommen, ist Abend, und wo immer wir dann ankommen, ist Nacht –"
Der Alte hatte den Kaffee ausgetrunken, schob die Tasse in den exakten Mittelpunkt der Tischplatte, wo der Zirkel eingestochen wird, man M hinschreiben muß und die trockenen, fruchtlosen Berechnungen beginnen. Da war er aufgestanden und zu ihnen getreten.
„Verzeihen Sie, ich will nicht aufdringlich sein, aber ich könnte Ihnen ein Restaurant empfehlen, in dem Sie gut und preiswert essen."
Sie schauten zu ihm auf.

„Darf ich mich einen Augenblick setzen?"
Er zog den Stuhl, den er vorhin zu seinem Tisch gehoben hatte, ebenso umständlich wieder her und setzte sich, ohne eine Antwort abgewartet zu haben.
„Verzeihen Sie, aber ich habe Ihr Gespräch mitgehört. Es gefällt Ihnen hier nicht?"
„Nicht sonderlich", sagte eine der beiden, oder sagten sie es gleichzeitig, Shirleys (oder doch Susannes) Stimme (sie erinnerte sich später noch des Gefühls in der Kehle beim Reden, flach, trocken, als habe sie zu beichten, ein peinliches Geständnis abzulegen gehabt), „Alles hier ist so gedämpft, wie tot, irgendwie morbid, und drübergestülpt dieses amerikanische Stadtzentrum, es paßt nichts zusammen."
„Nichts zusammen." Er nickte, konstatierend, nachdenklich. „Es hat sich verändert, *an acquired taste.* Darf ich fragen, woher sie kommen?"
„Aus den Staaten. Ich studiere dort. Seit einem Jahr. Eigentlich aus der Bundesrepublik. Aus Deutschland."
Er hüstelte oder kicherte. „Bundesrepublik, so sagt man jetzt. Ich war lange dort. In Deutschland, meine ich. Lange her. Wo aus Deutschland kommen Sie denn her?"
„Aus Erding, das ist in –"
„Ich weiß, wo das ist. Eine schöne Gegend. Es wird sich wohl sehr verändert haben."
„In Erding verändert sich nichts", sagte sie, patzig, wie zu einem uneinsichtigen Vater. „In hundert Jahren nicht."
„Meinen Sie." Wieder das Hüsteln, trocken, ein Rascheln, ein Inneres aus hauchdünnen Gipsgebilden, die beim kleinsten Lufthauch aneinanderschlugen.
„Darf ich Ihnen mein Stammlokal zeigen? Ich esse dort immer, wenn ich in der Stadt bin. Vielleicht bringe ich Sie soweit, daß Sie die schlechte Meinung, die Sie von Santa Cruz haben, etwas revidieren."
„Why not", sagte Shirley, „that would be very kind of you."

„Etwas von dem Merkwürdigen", sagte sie, „um nicht Unheimlichen zu sagen, hatte schon am Vormittag begonnen, in der Kathedrale, der finsteren, der Konservendose, bei den Gräbern der

Konquistadoren, eine Beängstigung, das Bedürfnis, rasch weiterzufahren, aber wie es ist auf solchen Reisen, die über weite Strecken aus Unannehmlichkeiten bestehen, die sich erst im nachhinein in das Reiseerlebnis, die faszinierende Erinnerung verwandeln, und obwohl man einander gut kennt und gernhat, plötzlich diese Hemmung, den Gefühlen nachzugeben, der Stimmung des Augenblicks, ein Magnetismus, dem du kraft deiner Vernunft widerstehst, weil du keinen Grund angeben könntest für das Dumpfe, Ziehende, das formuliert bloß hieße: Mir gefällt es hier nicht.
Doch wie gesagt, in der Hälfte der Orte, der Stationen einer Reise gefällt es einem nicht oder nicht sehr, ohne daß man schnell weiter müßte, weil sonst die Reise nichts mehr anderes wäre als eine langwierige, komplizierte Flucht zurück an den Ausgangspunkt. Warum sollten sie nicht hier übernachten, morgen war auch noch ein Tag: in dem günstigen Hotel, das John empfohlen hatte."

Der große John, mit dem Shirley (da kannte sie noch nicht einmal seinen Namen) am Strand dieser peruanischen Bucht geschlafen hatte, die berühmte Bucht, wohin alle Tramper, alle Südamerikareisenden fahren, Wallfahrtsort und Börse für die *günstigen* Adressen und Geheimtips, wo die Jugend der Ersten Welt am Abend zwischen den bizarren und mit den seltsamsten Rissen, Löchern, Krakelüren verzierten, wie von einem megalomanen Bildhauer geschaffenen und ohne Plan im Sand abgestellten Felsfiguren in die Schlafsäcke kriecht nach ein paar Flaschen von diesem einheimischen Schnaps, dazu die Geschichten von den alten Indiofrauen, die bloßfüßig in der Maische herumstampfen oder das Zeug kauen müssen oder etwas in der Art, nach einer nicht endenwollenden Reihe von Joan Baez, Bob Dylan, immer ist da jemand mit einer Gitarre und ein paar, die mitsingen, The times they are a-changing, Blowing in the wind, Freedom's just another word for nothing left to lose, Born to be wild und immer wieder *Freedom:* als kristallisiere in diesem Wort die fixe Idee des Jahrhunderts, und immer gingen die sechziger Jahre an solchen Abenden unverdrossen und immer nostalgischer noch ein bißchen weiter, während die achtziger Jahre schon angefangen hatten,
als Susanne aufwachte, gegen Mittag schon, betäubt von dem Übermaß an Licht und Wärme und dem Restalkohol, im Kopf

gestockt, nie mehr wegzukriegen, sich im Schlafsack aufsetzte, oh wäre ich nie geboren, die Hände freibekam und den Reißverschluß runterzog, sah sie die zwei Köpfe aus Shirleys Schlafsack ragen, übernacht geborenes zweiköpfiges Wesen, aus der Brandung gestiegen und unbeweglich und betäubt in der knallheißen Sonne an diesem vielgerühmten Strand, den die Jugend der Welt allmählich mit Flaschen, Dosen, Exkrementen, einzelnen Socken, selbst Schuhen und Myriaden von Zigarettenkippen und bis zum letzten Millimeter niedergerauchten Joints bedeckt.

In Arequipa trafen sie sich wieder, was heißt zufällig, alles folgte denselben Trampelpfaden, traf sich an denselben Punkten, den *Geheimtips*, unermüdlich mit dem verschwörerischen, arroganten Sprechzwang von Kindern, die endlich wissen, woher die Babies kommen, weitererzählt,

sahen sich also wieder, Arequipa, Wahnsinn, mußt du gesehen haben, zufällig unzufällig, John mit dem roten Bart, den hellgrünwässrigen Augen und den unnachahmlich zerlöcherten Jeans und einem Südstaatenenglisch, das direkt aus einem Faulkner-Roman zu kommen schien, nach etwa zwei Tagen verstand auch Susanne, wovon er etwa redete, soweit er mit ihnen beiden redete und nicht nur mit *Shirl*, er schwadronierte unaufhörlich, das Lachen platzte alle Augenblicke aus ihm, schwappte heraus und über die Runde verschwitzter, übermüdeter, bekiffter und verkaterter Tramper, die Augen so hell, lachend, lausbubenhaft und lauter halb verschluckte und schon als ganzes kaum verstehbare Wörter. Wie sorgsam gekämmt dagegen *Shirls* Neuengland-Privatschul-Englisch.

Natürlich war Susanne eifersüchtig, nein, war es nicht, doch der zappelige, viel zu lange, ununterbrochen quasselnde Ami brachte das empfindliche Gleichgewicht durcheinander, das sich in den Wochen der Reise allmählich zwischen den beiden herausgebildet hatte, den nicht ausformulierten Kompromiß, schon in Arequipa bei den mit beispielloser Inbrunst geführten Diskussionen über die billigste Methode, es über Jahre in Südamerika auszuhalten, in Peru oder bloß in Arequipa am Leben zu bleiben, Zeit hinter sich zu bringen, die Existenz unvermerkt geschrumpft auf das bloße Überleben, ein ehrgeiziges Edel-Bettlertum mit dem Notanker einer elterlichen Adresse in Philadelphia oder Erding,

von niemandem hatte sie je einen einigermaßen plausiblen Grund für dieses Da-Sein gehört außer dem phänomenal schlechten Wechselkurs gegenüber dem Dollar und demzufolge der unglaublichen Billigkeit des Lebens hier – für Ausländer, schlechte Replik eines Zwischenkriegs-Paris oder Nachkriegsmarokko für die Kinder der Blumenkinder,

schon da (aber wie gesagt, das war eine nachträgliche Erklärung, das Wiedererfinden, das jede Erzählung beinhaltet) fing es an sich zu verderben, ein Hauch von einem Gefühl, nicht mehr, und daß sie mit ihm schlief, das war es nicht, „Das hätte genausogut dir passieren können", sagte Shirley und war sich, da sie es sagte, nicht sicher über ihre Aufrichtigkeit. „Die Muttersprache gab wohl den Ausschlag, weißt du, wenn du lange genug weg warst, beginnt die Muttersprache ganz für sich allein und aus dem Mund von jemand, den du sonst nicht wahrnehmen oder flugs zum Teufel jagen würdest, eine heftige Anziehung auszuüben, der man allzuleicht erliegt, weil nichts daraus folgen wird, man sieht einander wohl nie wieder, man verhakt, verschlingt sich ineinander bloß für einen Abend, eine Nacht, und geht auseinander, *have a nice life*."

Beim Doktor passierte dann wohl Susanne so etwas, das altmodische sorgfältige Deutsch, wie sie es von den Großeltern noch wußte, eine verblaßte Färbung von Bairisch oder Schwäbisch. Es war nicht eigentlich sexuell: er war ja so alt (wenn auch rüstig, dürr, pergamenten, unverwüstlich, längst konserviert, gegen Wechselfälle gepanzert), eine kleine, unauffällige Magie, nun hatte *sie* Shirley etwas voraus mit einzelnen deutschen Sätzen, die der Doktor und sie wechselten, während des Abendessens in der absurd billigen, winkeligen, für Fremde garantiert unauffindbaren Gaststätte *La Petite France*, die aussah, als habe Monsieur Alfred, der dicke, kahle, bebrillte (eine der schwarzen, dickrandigen Brillen, die zu der Zeit außer ihm nur noch russische Dissidenten trugen) Marseillais das Haus am Alten Hafen, den Raum, das Interieur und selbst die Gäste sorgfältig numeriert, verpackt, weggeschickt und hier alles getreu wieder zusammengesetzt wie jene Millionäre, die eine Westminster Bridge oder ein transsylvanisches Schloß auf diese Weise an der Rand einer texanischen Wüste verpflanzen,

und hier:

als habe aufgrund bescheidener Verhältnisse, die solche Extravaganzen nicht erlaubten, M. Alfred übersinnliche Kräfte in Anspruch genommen, um mit nostalgischer Präzision aus der Erinnerung Stück für Stück und wie gesagt bis hin zu den Gästen und den angestaubten Fischernetzen, Korbflaschen, Kompassen, Plastikkrabben und -oktopussen das ursprüngliche Marseiller Fischrestaurant inmitten dieses weiten, staubigen, paralysierten Kontinents wiedererstehen zu lassen.

Da saßen sie nun.
Der milde, weißhaarig-ledrige Großonkel, der die entfernte Verwandte, die mit ihrer Freundin durch die Stadt kommt, in ein kleines erlesenes Restaurant führt und ein letztes Mal den Kavalier herauskehrt, die Mädchen mit dem Repertoire der nutzlosen, vergessenen und mittlerweile verachteten Gesetze betört, die ihnen (untergegangene Sprache, die sie mehr erraten als verstehen) zugleich unheimlich sind, die fünfzig Jahre, zwei Generationen, die zwischen ihnen liegen, eine unüberwindlichere Distanz als der Atlantik.
Gott weiß, wie Monsieur Alfred es an diesem Ort von allen fertigbrachte, ihnen etwas zu servieren, was wie Bouillabaisse aussah und schmeckte und was in ihr zusammen mit dem altmodisch ziselierten Deutsch des Doktors eine vernunftlos heftige Gier nach Europa auslöste. Während Shirley auf ihre unaufdringlich direkte Art den Alten ausfragte und dann mit Alfred, der sich zu ihnen gesetzt hatte und aus seiner Hexenküche eine Runde *cérises à l'eau de vie* hervorzauberte, zu disputieren anfing – die Unterhaltung geriet dem Franzosen zuliebe, der kein Englisch konnte, in ein von allen Teilnehmern unperfekt beherrschtes Spanisch – träumte sie davon, am nächsten Morgen ein Flugzeug zu nehmen und aus dieser sinnlosen Stadt wieder wegzufliegen, nachhause, heim in das grüne, verregnete, saubere Land ...
„Vielleicht schon am Strand in dieser verschissenen Bucht mit dem großen Ruf spürte ich den Magnetismus, der mich nach Norden zurückzog in das Land der gekachelten Klos und geregelten Kreuzungen und gesetzestreuen Bleichgesichter, ein Augenblick blinder, idiotischer Sehnsucht nach einer weichen grünen Wiese mit braun-weiß oder schwarz-weiß gefleckten Kühen, einem bleistiftgespitzten Kirchturm, einem kitschig bemalten Dorfgasthaus, während John Schuppen oder Ärgeres aus dem Haarschopf kratzte

und lachte und Shirley (und mich) darüber aufklärte, es gebe *eine* Stadt, dort sei nicht nur Bolivien, dort sei Lateinamerika am allerwirklichsten, wirklicher bekomme man es nicht, der Zusammenprall des Alten und Neuen und was der Plattheiten mehr. Und Ernesto Che habe in dieser Gegend seinen letzten, heroischen Kampf geführt ... Und in dieser Stadt selbst ein billiges und recht sauberes Hotel, ein Typ ein Freund von ihm, Macpherson, und wenn wir dem Grüße von ihm überbrächten, er würde uns gewiß weiterhelfen und ein paar gute Tips undsofort."

Norbert Silberbauer
Die Archive des Schreckens

Auszug aus dem gleichnamigen Roman

Die Straßenkarte liegt auf dem Beifahrersitz. Der Fahrer schämte sich, eine Karte benützen zu müssen, fuhr er doch in einen Ort, der von seiner Geburtsstadt nur an die vierzig Kilometer entfernt lag. Ein Zufall brachte ihn dorthin, wo er, so hatte er sich nach der Matura geschworen, nie wieder sein wollte. Trotzdem war der Fahrer gut gelaunt, sein Plan funktionierte und sein Glück wäre selbst dann ungetrübt gewesen, hätte er statt in den Ort, der seiner Geburtsstadt glich, tatsächlich in jene fahren müssen. Selbst dem Umstand, die Eltern würden nun wieder näher an ihn heranrücken, und er wußte, die Eltern würden diese Nähe ausnutzen, sah er mit Gelassenheit entgegen. Er fuhr langsam, sah sich zum ersten Mal die Landschaft an, in der er aufgewachsen und die ihm verlorengegangen war. Nichts Berichtenswertes gab es hier, nichts, das sich für Postkarten eignen oder Touristen anziehen würde. Dörfer, ein flaches Hügelland, Weingärten, Felder. Jede Sekunde seiner Reise wollte er auskosten und sich zukünftige Vorwürfe ersparen, er hätte den Neubeginn übersehen, nur irgendwie erledigt, wie man den täglichen Kram eben erledigt und so auch das Außergewöhnliche zum täglichen Kram macht. Schon einmal sei er in etwas hineingerutscht, Tag für Tag ein wenig tiefer, bis die vielen schmerzlosen Zufälle sich zu einem großen Unbehagen summiert hätten, dachte Karl, den heutigen Tag müsse er als Zäsur erleben, als liege er bereits auf dem Sterbebett und wisse im Rückblick Bescheid über alle entscheidenden Tage seines Lebens. Auf den großen, wahrnehmbaren, alles von einer Sekunde auf die nächste anders machenden Knall warte man vergeblich. Auch diese Fahrt sei keine Überraschung, er habe etwas dafür getan, man habe ihn informiert, der Tag sei rot markiert gewesen im Kalender. Ihr Unwissenden, dachte er, als die Ortskundigen ihn mitleidig oder aggressiv überholten, ihr Unwissenden. Nach jedem Überholmanöver nahm er

Gas weg, bis schließlich auch Lkws ihn anhupten oder mit Lichtsignalen zu mehr Tempo drängten. Hinter ihm hatte sich eine kleine Kolonne gebildet. Auf der kurvenreichen, nicht ausgebauten Straße gab es nur wenige geeignete Stellen für Überholmanöver und an diesen noch dazu meist Gegenverkehr. Nachdem einige Fahrer aber dennoch riskant aus der Kolonne ausgebrochen waren und so die entgegenkommenden zu wilden Gesten veranlaßt hatten, blieb Karl im nächsten Ort bei einem Bauern, der im Ab-Hof-Verkauf seine Produkte anbot, stehen. Sein guter Tag sollte nicht von einem Unfall überschattet, sondern lieber mit hausgemachten Schaumrollen belohnt werden.

Mit jedem gefahrenen Kilometer schwand seine Freude ein wenig und wurde die Erkenntnis größer, daß er sich nur deswegen ins Positive bewegte, weil er aus dem Negativen kam. In Wahrheit steuerte er den Nullpunkt an, dachte er. Von der Großstadt zurück in die Kleinstadt. Ein Fortschritt, ein Rückschritt? Würde er an seine Rückkehr ähnliche Hoffnungen knüpfen wie damals an sein Fortziehen und würden die Hoffnungen wieder enttäuscht werden und wäre dann das neuerliche Wegziehen, womöglich zurück in die Großstadt, mit neuen, vielmehr mit alten Hoffnungen verbunden? Nun stehe er in der neutralen Mitte, dachte er, aber in ihm seien die Erfahrungen der vergangenen Jahre. Die Schaumrolle fiel ihm auf die Hose, was das Philosophieren unterbrach und beinahe zu einer Kollision mit einer Straßenlaterne führte. Die Hose drekkig, die Finger und das Lenkrad klebrig. Wäre Regina mit, dachte er, sie hätte garantiert eine Packung feuchter Reinigungstücher dabei.

Ein Wegweiser zeigte den Zielort an, der nahe der tschechisch-österreichischen Grenze lag. Hier hatte Karl, was in der Großstadt selbst mit besten politischen Verbindungen kaum möglich gewesen wäre, eine Arbeit bekommen, weil die drei Kollegen vor ihm auf der Warteliste nicht in den Schatten des Eisernen Vorhangs, an die tote Grenze, ziehen oder täglich dorthin pendeln wollten. Der Umstand, von der Stadt aufs Land zu ziehen, eine Ausnahme zu sein, machte ihn nun stolz. Noch vierzehn Kilometer.

Natürlich war er zu früh dran, wie immer. Karl spazierte, nachdem er die Hose in einer Toilette gereinigt hatte, durch die Stadt, er fühlte sich wie ein Tourist, obwohl weder die Sprache noch die

Währung fremd war und obwohl, wie erwartet, ihm die Stadt bekannt vorkam, ohne jemals hier gewesen zu sein. Beim Gehen durch die fremde Stadt dachte er an den Ort seiner Kindheit, den, weil er immer da war und sich mit ihm veränderte, er zwar kannte, letztendlich aber kaum wahrgenommen hatte. Wenn er von zuhause irgendwo hinging, kannte er selbstverständlich die Wege einschließlich aller Abkürzungen, er war aber nie ziellos, grundlos, bloß um des Schauens willen gegangen und hatte seine Wege nie genutzt, um mehr zu sehen als das angestrebte Ziel. Der Spaziergang durch die neue Heimatstadt, die ihm auf den ersten Blick gut gefiel, geriet zu einer Reise in die Vergangenheit, einer Begegnung mit toten Menschen und vergessenen Begebenheiten. Karl, langsam gehend und immer wieder stehenbleibend, entdeckte an einer Hauswand eine Tafel, die an einen Operettenkomponisten, an dessen hier verbrachten Sommer und das daselbst entstandene Werk erinnerte. Er war überzeugt, kein Einheimischer wisse von der Existenz dieser Tafel. Auf eine Überprüfung seiner These verzichtete er, die Hemmungen davor, einen Passanten anzusprechen, waren größer als seine Neugier. Ob es in seiner Heimatstadt ähnliche Tafeln gebe? Karl überlegte und dachte an die Großstadt, an das Haus vis-à-vis in seiner Straße. Die Farbe wußte er, die Form des Daches nicht. Er habe sich ganz Europa, Amerika und Australien angeschaut, dachte er, nur nie den Ort, wo er gerade wohnte. Früher war Karl in den Ferien Interrail gefahren, später, als Student, kam ihm das Billigreisen und Übernachten auf Bahnhöfen oder in Parks zu schäbig und nicht mehr altersgemäß vor, und er stieg auf günstige Flugangebote um. Europa hatte er in Blöcke eingeteilt, die er mehr oder weniger systematisch durchquerte. Basis dieser Einteilung waren aber nicht günstige Zugverbindungen, Nationen oder kulturelle Aspekte, sondern seine Einschätzung erotischer Eroberungsmöglichkeiten. Kategorie eins umfaßte den Süden von Spanien bis Griechenland, Kategorie zwei die Hauptstädte sowie die französische und spanische Atlantikküste, Kategorie drei die Britischen Inseln, Kategorie vier die Nordsee. Nicht am Meer gelegene Gebiete wurden auf dem Weg zu neuen Stränden eiligst durchfahren oder überflogen. In Frankreich, auf der Halbinsel Carnac, der zweiten Kategorie also, lernte er Regina kennen, die er auch als Frau der Kategorie zwei zuordnete. Sie fotografierte den Strand, auf dem er in seinem Schlafsack lag. Zuerst hielt sie ihn für einen Franzosen, wohl aus Paris, der durchs Land trampte. Als sie ihn französisch ansprach und er deutsch antwortete, schien die Begegnung beendet, aber die gemeinsame Sprache verband dann doch. Regina, die mit ihren Eltern in einem Hotel wohnte, lud Karl zum Frühstück ein, und er sagte zu, obwohl er kurz zuvor in Griechenland die schlimmste Enttäuschung erlebt und sich geschworen hatte, die Strände Europas samt den dort liegenden sonnengierigen Frauen für alle Zeit zu meiden, endgültig hinter die Binnenlandkategorie zu verdammen. Die griechischen Inseln und die dortigen Ereignisse beschloß er zu vergessen, nie wieder zu erwähnen. Auf Kreta hatte er Birgit getroffen und sich in sie verliebt, was solange zur Schönheit der Insel paßte, bis sie einen Griechen kennenlernte, der aus seiner Dummheit eine Tugend gemacht hatte, indem er *nichts* tat, was Birgit als erstrebenswertes Lebensgefühl interpretierte. Mit einem Schlag war alles, worauf Karl gemeint hatte, stolz sein zu können, zunichte, während sie den Griechen für den Schöpfer der griechischen Mythen, des Meeres und der Sonne hielt. Der Grieche, offensichtlich selbst schon die irrigen Ansichten seiner blassen Frauen glaubend und in seinem Glauben durch viele Belege bestärkt, schritt wie ein Gockel von Henne zu Henne, von Eisverkäufer zu Eisverkäufer, tat, als sei er mit Plato und Odysseus befreundet, nein, als sei er selbst Plato und Odysseus in einer Person. Seine braune Haut, ein genetischer und geographischer Zufall, verlangte nach keinem genaueren Blick. Zuhause würde genau dieser ungenaue Blick aus dem Gott des Meeres und der Surfschulen einen Ausländer machen, dachte Karl, man würde ihn verachten, beschimpfen, niederprügeln, für einen Drogenhändler halten, einsperren und abschieben. Auch dieser Umstand konnte Karl nicht beruhigen, die ferne Gerechtigkeit, in Österreich würde der Grieche den Platz bekommen, der ihm zustehe, tröstete nur wenig, zumal er dem Griechen in dessen Territorium als blasser Ausländer gegenüberstand. Außerdem konnte Karl seine humanistische Überzeugung nicht vergessen, er wußte oder ahnte, daß ein Unrecht das andere nicht aufheben kann. Dennoch ein wenig Freude über den Rassismus in der Heimat. Ihm gehöre ganz Europa, dachte Karl, dem Nebenbuhler hingegen nur ein paar Meter Strand, und die nur zur

Hauptsaison. Obwohl Birgit und der Grieche, nicht einmal zu ein paar Brocken Englisch fähig, einander nicht verstanden, sagte sie, sie würde ihn verstehen. Karl reiste ab. In einem Land, in dem die Sonne den Menschen das Hirn verbrannte, hatte er nichts verloren, außer eine kleine Liebe.
Nun, als Regina ihn ansprach, profitierte Karl von der Urlaubsdummheit der Frauen, die ihn zum Franzosen machte, der aber als zusätzliche positive Eigenschaft jene besaß, Deutsch zu sprechen, ein Deutsch, das nicht zu fremd, das österreichisch klang. Sich mit dem verdreckten Burschen einzulassen vermittelte Regina das Gefühl, so wie er zu leben: unabhängig, von einem Tag auf den anderen, frei. Karl benahm sich locker wie der Grieche. Daß er studierte, verschwieg er. Um aber nicht als völliger Idiot dazustehen, sagte er, er hätte sein Studium, Philosophie oder so, abgebrochen, weil die griechische Antike nur Schrott sei, ein Irrtum. Nun war ihm egal, ob er die Frauen verstand oder nicht. Die ganze Fahrt von Griechenland nach Frankreich über hatte er nachgedacht, wie ein bestimmter Ort eine bestimmte Handlung verändern kann. Nach der Sperrstunde mit einem ausländischen Kellner im Lokal zu ficken sei zu Hause ein Akt der Dummheit, Sozialverhalten der Unterschicht, im sonnigen Ausland hingegen ein romantisches Abenteuer, das noch monatelang allen Freundinnen erzählt werde. Ob es tatsächlich eine Magie des Ortes gab oder die Magie der Geschichte? Reginas Lachen beendete das sinnlose Nachdenken. Ihre Frühstückseinladung erspare ihm Geld, dachte Karl, mehr wolle er nicht. Trotzdem aber hatte er sofort und ohne sein Zutun die Strecke, die zwischen ihrem Heimatort und dem seinen liegen mochte, für überwindbar eingestuft und eine weitere Beziehung mit ihr nicht ausgeschlossen, als sie gesagt hatte, sie komme aus Österreich. Sollte die Sache, auch nach Abzug des ferialen Hochgefühls und der südlichen Sonne, deren Wirkung Karl bewußt war, sich gut anlassen, könnte man sich jederzeit wiedersehen. Und wenn nicht, dachte er, wäre die Entfernung zwischen ihnen Grund genug zu verschwinden. Daß Regina dann aus jener Großstadt, wo er seit ein paar Semestern studierte, kam, aus Wien, hielt Karl für das Schicksal, das es gut mit ihm meinte. Weil ein Wiedersehen garantiert war, konnte er nach ein paar Tagen seine Europareise fortsetzen. Sie glaubte ihm und er glaubte ihr das Versprechen,

man werde einander schreiben oder anrufen. Üblicherweise war das nicht so. Die romantischen Motive jener Postkarten, die Karl seinen Geldgebern nach Hause schickte, standen immer im krassen Gegensatz zu seinen unromantischen Gefühlen, wenn er von einer Urlaubsbekanntschaft Abschied nahm oder wenn er, was viel häufiger vorkam, an einem sehenswerten Ort ohne Eroberung geblieben war. Manchmal, wenn er ein bestimmtes Mädchen im Auge hatte, verzichtete er sogar auf die Weiterfahrt oder fuhr der Auserkorenen nach, wenngleich ihr Ziel nicht in seinen Reiseplan paßte, was aber auch egal war, weil seine Einteilung Europas ohnehin einem höheren Zweck diente. Nach solchem Aufwand schmerzte eine Abfuhr umso mehr, zumal er dann oft in Gegenden, die kein Mensch freiwillig besuchen würde, umherirrte. Die Daheimgebliebenen freuten sich, daß es ihm gut ging, er hingegen durchlebte die Hölle. Wenn die Eltern ihn fragten, was er gesehen und wie es ihm gefallen habe, konnte er kaum antworten, weil ihm sofort die verpaßten Gelegenheiten, von denen er selbstverständlich nicht berichtete, einfielen und weil er auch vor Ort mehr nach Gelegenheiten denn nach Sehenswürdigkeiten Ausschau gehalten hatte. Gekaufte Dias halfen über die Verlegenheit hinweg. So reiste er quer durch Europa und wußte weniger als seine Mutter, die sich im Fernsehen jeden Reisebericht ansah, auch in Hinblick darauf, daß ihr Sohn schon an den betreffenden Orten gewesen war. Nur manchmal wunderte sie sich, welch seltsame Gegenden ihn interessierten.

Auch seinen ersten nicht selbst herbeigeführten Samenerguß hatte Karl während einer Reise erlebt. Astrid war zwei Jahre älter und stammte aus Holland. Der Beginn war der übliche, der Höhepunkt zwar erdacht, aber nicht für möglich gehalten. Man hatte einander in der Jugendherberge getroffen, und Karl machte sich an ihr zu schaffen, wie seine Erfahrung und die Erzählungen seiner Freunde es ihn gelehrt hatten. Offensichtlich von seinen Fähigkeiten angetan, hängte Astrid eine Lektion an. Bevor Karl den neuen Lernstoff begriff, war die Unterrichtsstunde auch schon vorbei. Astrid fluchte, und sie fluchte umso mehr, als er in der Hoffnung, sie würde sich beruhigen, gestand, es sei das erste Mal für ihn gewesen. Fluchtartig verließen Karl und Astrid die Jugendherberge in unterschiedlichen Richtungen. Auf der anschließenden Fahrt durch

England verfolgte ihn ständig der Gedanke, sie könnte schwanger sein und seine Adresse herausfinden. In Schottland erst kam ihm die Idee, bei zukünftigen Abenteuern einen falschen Namen zu verwenden. Trotzdem war die Reise irgendwie verdorben. Die Mutter staunte, weil er eine Woche zu früh heimgekommen war und trotzdem so viele Fotos mitgebracht hatte wie noch nie. In den folgenden Wochen erschrak Karl, wenn das Telefon läutete.
Auch Regina hatte er einen falschen Namen gesagt. Als folglich er sie besuchte, fürchtete er, in die eigene Falle zu tappen. Aber Regina hieß tatsächlich Regina, sie hatte nicht gelogen.
Den nächsten Urlaub verbrachte man gemeinsam. Regina übernahm die Organisation, Karl, gerade mit Prüfungen an der Universität beschäftigt, vertraute ihr und landete in einem Ferien-Club. Was er in den Parks, in den Herbergen, in den Bahnhöfen und auf den Stränden selten gefunden hatte, fand er nun im Überfluß: willige Frauen. Die Gäste des Clubs benahmen sich schlechter und dümmer, als er und seine Bahnhofsbekanntschaften sich mit siebzehn im Vollrausch benommen hatten. Aber man blieb unter sich, Deutsche, Österreicher, Engländer, Holländer, die Einheimischen durften nur bedienen und nicht mitspielen. Aus Mangel an Möglichkeiten zu scheitern war zwar schlimm gewesen, aber noch erträglich im Vergleich zu dem, was Karl nun durchlebte. Immer saß Regina zwischen ihm und einer Möglichkeit, und ihr war nicht einzureden, sich so zu benehmen, wie es die anderen taten. Sein Unmut war nicht zu übersehen. Saß er zurückgezogen im Club, wurde er ständig aufgefordert, irgendwo mitzumachen. Bei der Gymnastik, beim Ballspiel, beim Singen, mach mit, mach mit, nur das eine durfte er nicht mitmachen. Auch nicht mit Regina. Sie hatte ständig Kopfweh, was Karl auf die südliche Sonne zurückführte. Nach dem Urlaub, so dachte er, werde er mit der Langweilerin Schluß machen.
Das Zusammensein im Urlaub habe sich bewährt, sagte Regina beim Rückflug, folglich sollten sie in eine gemeinsame Wohnung ziehen, ihre Mutter habe bereits etwas Passendes gefunden. Karl schwieg, auch als er die Wohnung betrat. Mehr als hundert Quadratmeter in bester Lage. Altbau, hohe Räume, Doppeltüren, Parkettböden. Man dürfe einen Urlaub nicht ernstnehmen, dachte er, im Urlaub setze der Verstand aus. Reginas Vater bezahlte die

Wohnung, sie unterschrieb den Mietvertrag, gemeinsam fuhr die Familie, die Eltern waren geschieden, von Wohnstudio zu Wohnstudio, um stilgerechte Möbel zu suchen. Währenddessen arbeitete Karl in seinem winzigen Studentenheimzimmer, dessen graubraune Einrichtung verschönern zu wollen genauso sinnlos war, wie die Laden des Gemeinschaftskühlschrankes zu versperren. Gestohlen wurde immer.
Als seine Kollegen aus dem Studentenheim zum Einweihungsfest kamen, über die Wohnung und das Buffet staunten und beides als paradiesisch bezeichneten, dachte Karl, er habe ein paar Jahre übersprungen, lebte er doch jetzt schon so, wie er ursprünglich nach Abschluß des Studiums inmitten seiner Karriere leben wollte. Sogar die Polizisten, die wegen nächtlicher Ruhestörung geholt worden waren, ließen sich von den Verhältnissen beeindrucken. Obwohl einige Ausländer anwesend waren, verlief die Amtshandlung korrekt. Karl mußte nachfragen, wann er aus dem Heim ausgezogen sei, so lange her schien alles. Die Matura, die versoffenen Mittelschullehrer, die Kleinstadt, seine kleinstädtischen Eltern ordnete er nicht mehr seinem, sondern einem anderen Leben zu. Nun warteten die Theater, Kinos, Bars und Restaurants der Großstadt auf ihn, an der Universität gab es keine Anwesenheitspflicht, und wenn er verschlief oder lieber im Café sitzen blieb, war das den Professoren egal. Die Freunde verließen das Einweihungsfest bald und feierten nicht wie üblich so lange, bis der erste von ihnen am nächsten Tag eine Vorlesung hatte, was oft erst am Nachmittag war. Sie wollten, würden sie die Sau rauslassen, nicht die teure Wohnung versauen, sagten sie, nach dem Grund ihres frühen Aufbruchs gefragt.
Im Jahr darauf nahmen Karl und Regina an einer akademischen Bildungsreise teil, die zu französischen Monumenten der Romanik und Gotik führte. Regina, die seit Monaten Bücher zum Thema gelesen hatte, wußte mehr als der Reiseleiter und hielt sich mit ihrem Wissen nicht zurück. Ständig fragte sie, korrigierte, ergänzte. Als Karl in einige Orte seiner jugendlichen Interrail-Reisen zurückkam und staunte, was er damals alles übersehen hatte, übersah er wieder das Wesentliche. Trotzdem dachte er nach drei Tagen und vierzig Sakralbauten, er werde aus der Kirche austreten.
Die nächsten Ferien, ein Jahr später, verbrachte Karl mit Regina

auf deren Wunsch in einem Gesundheitshotel. Zwischen Entschlackungstees und Schlammpackungen wurden alle erotischen Versuche zunichte. Die Damen konzentrierten sich auf ihr Inneres und ihren Körper und übersahen dabei Karl. Keine von ihnen dachte daran, den Erfolg der Kur gleich an Ort und Stelle zu überprüfen. Regina war zufrieden, das Personal unzugänglich, Karl verging der Appetit, zumal dem Kurbetrieb ein Rehabilitationszentrum angeschlossen war. Durch den Garten humpelten Einbeinige, im Becken schwammen Einarmige, auf den Wiesen lagen Verstümmelte, in den Gängen des Hauses verirrten sich Rollstuhlfahrer. Karl war dankbar, nicht zu denen zu gehören, und schrieb an seiner Seminararbeit weiter.

Zu Hause wandte Regina an, was sie während der Gesundheitsferien auf Vorträgen und in Kursen gelernt hatte. Kräuter ersetzten das Salz, Honig den Zucker. Sie erledigte die Dinge des Alltags, Karl konnte sich ganz auf sein Studium konzentrieren. Trotzdem oder gerade deswegen saß er lieber im Café als im Hörsaal. Negative Prüfungsergebnisse verheimlichte er ihr, in die Melange schüttete er Unmengen von Zucker. Ein untreuer Ehemann mußte verheimlichen, wo er gewesen war, Karl, wo er nicht gewesen war. Das Prickeln der Lüge war ähnlich. Sobald er aber mit Freunden in die Mensa ging, verschwand die Vorstellung von einem Leben ohne Regina. Die Mensa beleidigte alle Sinne. Der Geruch unerträglich, der Lärm höllisch, das Essen eine Zumutung, eine Wolke aus Dampf und Rauch behinderte zwar die Sicht, machte aber die Einsicht größer. Der Ort war schrecklich, zumal, wenn man von schöneren Orten kam, was auf alle Orte zutraf. Mit jedem Semester, das Karl verlor, verstärkte Regina ihre Bemühungen. Sie kopierte Bücher und Skripten, meldete ihn für Seminare an und sorgte für ein ausgleichendes Freizeitprogramm. Man ging ins Theater, ins Kino, belegte Hobbykurse an der Volkshochschule, betrieb Sport. Auch die Urlaube für Gesundheit, Fitness und Schönheit organisierte und bezahlte weiterhin sie. Nie fuhren sie ein zweites Mal in denselben Ort, nie belegten sie die Fortsetzung eines Kurses, nie bestellten sie für dasselbe Theater das Abo der nächsten Saison. Das brachte zwar Abwechslung, aber kaum fühlte Karl sich irgendwo heimisch, kaum fand er den Weg zur Toilette, ohne danach fragen zu müssen, zogen sie weiter. Nur die gemein-

same Wohnung blieb der ruhende Pol. Den Wechsel der Kurorte begründete Regina damit, daß es sinnvoll sei, Spezialisten für spezielle Anliegen aufzusuchen. Jedem Organ wurde nun ein auf dieses spezialisierter Kurort zugeordnet. Da Regina bei einer Versicherungsgesellschaft arbeitete, konnte sie aus den günstigsten, zugleich aber auch aus den medizinisch sinnvollsten Angeboten auswählen. Karl erfuhr, wie falsch er bisher gelebt hatte und welche Strafen der Körper dafür bereithielt. Er saß falsch, atmete nicht richtig, kaute zuwenig, ein Wunder, daß er noch lebe, dachte er. Bald hielt er jedes Zwicken für ein Alarmsignal, eine Hautunreinheit für ein Melanom, Kopfweh für einen Hirntumor, er hörte die Stimme seines Körpers und sonst keine mehr. Regina hatte aus ihm einen Hypochonder gemacht und sich gleichzeitig als Heilmittel angeboten. Bevor sie in die Esoterik abglitten – Karl sah sich schon im Waldviertel beim Schamanen sitzen – bat er sie, aus Rücksicht auf sein Studium, auf diese Urlaube zu verzichten. Sie willigte ein, alle weiteren Reisen wurden auf die Zeit nach seiner Sponsion verschoben, abgesehen von einem vierzehntägigen Aufenthalt bei einem Bauern in den Voralpen. Da weder er das Mähen mit der Sense noch sie das händische Melken erlernen wollte, schien die Zeit stillzustehen. Weil aber der Bauer freundlich war, obwohl er seinen Hof zugrunde saniert hatte, blieb man. Regina hatte genug Bücher mitgenommen. Man las, wanderte, las, am Abend erzählte einer dem anderen das Gelesene, gemeinsam erfand man neue Schlußvarianten für die Romane.
Ab und an fuhren die beiden zu seinen Eltern aufs Land. Ihre Besuche liefen immer gleich ab. Regina kaufte auf Bauernmärkten oder direkt bei den Bauern gesunde, naturbelassene Produkte ein, am Abend begleitete sie ihn zu diversen Feuerwehr- oder Kellerfesten, obwohl sie dort weder etwas aß noch irgend etwas, außer Mineralwasser, trank. Das Mittagessen, von der Mutter mit allem zubereitet, was ein Arzt verbieten könnte, lag ihr noch schwer im Magen. Karl gab mit seiner großstädtischen, eleganten Freundin an, und ihr machte seine Angeberei nichts aus. Sah Karl seine ehemaligen Freunde Wein und Schnäpse in sich hineinschütten und Grillhendl, Bratwürstel und Pommes in sich hineinstopfen, war er Reginas Gesundheitsbewußtsein dankbar, er fühlte sich stark und dachte, er werde ewig leben. Hatte Regina genug von der

derben Sprache seiner Freunde oder von den, wie es auf den Werbeprospekten hieß, echten Volksfesten, bekam sie ihre Migräne oder kündigte an, sie werde demnächst eine solche bekommen. Die Migräne war ihre Waffe gegen Karl und gegen die Welt. Regina mußte Karl zu nichts überreden, sich brauchte ihm nichts zu verbieten, sie kontrollierte nicht, verlangte keine Erklärungen, wies nie darauf hin, daß er in ihrer Wohnung und von ihrem Geld lebte, nichts von all dem, was den Zustand einer harmonischen Beziehung hätte stören können. Die Beziehung funktionierte, ohne Streit und ohne lange Kompromisse suchen zu müssen. Karl und Regina galten als ideales Paar. Ihre Mutter war mit dem zukünftigen Akademiker zufrieden, seine Eltern mit dem Geld der Schwiegertochter in spe. Schweigend hatte Regina die Macht übernommen, ihre Migräne ersetzte jedes Argument und jedes Wort. Sie mußte für die Durchsetzung ihres Willens erst gar keinen Migräneanfall bekommen, seine Angst vor einem dieser Anfälle, die überdies immer öfter auftraten, genügte, um nachzugeben. Gab er nicht nach, lag sie tagelang im verdunkelten Zimmer. Und am schlimmsten war, daß sie sich für die Migräne entschuldigte. Spätestens dann gab er nach. In den Jahres ihres Zusammenseins hatte Karl nicht herausgefunden, ob sie die Migräne nur vorspielte oder tatsächlich daran litt. Seine Unwissenheit hinderte ihn daran, sich zu wehren, bei ihrem nächsten Anfall die Stereoanlage plärren zu lassen und die Vorhänge aufzuziehen. Eine Kranke war kein fairer Gegner. Karl wollte das Problem erst gar nicht ansprechen, sie würde ohnehin mit dem Problem darauf reagieren. Er gewöhnte sich an das Schweigen und Nachgeben und glaubte irgendwann, die Migräne gehöre eben zu dem Luxus, den Regina ihm bot. Wegen ihrer Migräne wurden auch die Ausflüge zu den Eltern seltener. Man blieb zu Hause oder besuchte Museen. Das Völkerkundemuseum mochte Regina besonders, auch den Weg dorthin, der an türkischen Geschäften, einer russisch-orthodoxen Kirche und italienischen, griechischen, indischen und chinesischen Lokalen vorbeiführte. Auf ein paar Hundert Meter waren mindestens sechs Sprachen zu hören, jene der Touristen gar nicht mitgezählt. Wer mehr Sprachen entdeckte und erkannte, gewann das Spiel, das Regina sich ausgedacht hatte. Der Sieger durfte zu Hause vom anderen etwas verlangen. Anfänglich verlang-

te jeder nur, was ihm selbst zugute kam. Ein Essen oder Sex. Die Spielregeln verlangten aber, unausgesprochen, das Gegenteil. Vom anderen etwas zu wollen, das keinen Sinn und keinen Nutzen hatte, außer jenem, den Gehorsam des anderen zu prüfen. Weil es oft leichter war, das Geforderte zu tun, als selbst etwas zu fordern, erstarrte das Spiel, zumal Karl verlangt hatte, alles müsse in der Wohnung stattfinden, und zumal Reginas Migräne dem Risiko eine natürliche Grenze setzte. Ihr letztes Spiel, möglichst viele Namen amerikanischer Bundesstaaten aufzuschreiben, gewann Karl. Als Verliererin mußte Regina zehn Minuten nackt auf dem Balkon stehen. Sie tat es. Höchst erregt und völlig überrascht, da sie keinen Migräneanfall bekam, zog auch Karl sich aus und kam ihr nach. Am nächsten Tag wurde kein Spiel mehr gespielt, und nach und nach verschwanden die Spielekoffer, die Regina besorgt hatte. Nur der Schachtisch blieb als Dekorationsobjekt stehen.
Irgendwie verging die Zeit, auch die seines Studiums. Für seine Abschlußarbeit mußte er keine Vorlesungen mehr besuchen, die nötigen Unterlagen und Bücher besorgte Regina nach der Arbeit. Karl hatte keine Eile mit seinem Studium. Ob er nun ein paar Semester überzog, weil es ihm gut ging, oder weil er, hätte er ihren Wohlstand verlassen, als Student arbeiten hätte müssen, war letztlich egal.
Regina war seine Welt geworden. Eine Welt, in der es an nichts fehlte, in der das Böse nicht existierte. Das Paradies.
Zu Weihnachten hätten er und Regina das Paradies geschmückt, Kerzen gegossen und Geschenke gebastelt, dachte er, aber sie hätten auch zu Ostern Weihnachten feiern können, es wäre ihm kaum aufgefallen. In ihren vier Wänden war die Zeit aufgehoben, weil keine Bewegungen mehr stattfanden, und ohne Bewegung im Raum gibt es keine Zeit.
Trotzdem beendete Karl sein Studium. Die Ausrichtung der Sponsionsfeier übernahm Regina. Sie legte ihm eine Liste vor, auf der er nur abhaken mußte, was er wollte und was nicht. Karl und Regina gingen von der Feier zu Fuß nach Hause. Drei Jugendliche kamen ihnen entgegen. Regina ahnte vielleicht etwas, Karl nicht. Er reagierte nicht auf Reginas Schritt in Richtung andere Straßenseite und wich den offensichtlich auch alkoholisierten Burschen nicht aus, rempelte sogar einen an. Darauf hatten die drei nur gewartet.

Das runde Ding, in dem seine Sponsionsrolle steckte, fanden sie besonders lustig. Karl zeigte ihnen, voll Stolz und als ob sie ihm Kraft verlieh, die Urkunde freiwillig. Der Anführer der drei machte aus seiner Unbildung einen Witz und las in einer Mischung aus Buchstabieren und Stottern den lateinischen Text. Dann machten sie die Zerreißprobe. Einer hielt die Urkunde, ein anderer zog am Siegel der Universität. Bevor Karl seinen Satz, warum sie das machen würden, das habe doch keinen Sinn, fertig sagen konnte, hatte Regina einen Tränengasspray aus der Handtasche geholt und mit großem Geschick eingesetzt. Die drei schrien fast gleichzeitig auf, Regina nahm Karl an der Hand und rannte mit ihm davon. Ein Taxi brachte die endgültige Rettung. Im Auto überreichte sie ihm die Urkunde und lächelte. Nur das Siegel habe sie nicht retten können, sagte sie, es klang wie eine Entschuldigung, weil sie ihn nur unzureichend beschützt hatte. Zu Hause wurde der Vorfall nicht besprochen. Sie rahmte die Urkunde, er starrte zum Fenster hinaus. Auf einem Leuchtturm leben könne nicht schlimmer sein, dachte Karl, ein Leuchtturmmensch sei er geworden, weggesperrt von der Welt. Aber er sei im Unterschied zu vergangenen Jahrhunderten, als man diese Arbeit in der Einsamkeit Sträflingen und Sonderlingen angeboten habe, freiwillig in einen Leuchtturm gezogen. Er dachte an einen Spielfilm, in dem ein Leuchtturmwärter mit eine Ratte Freundschaft geschlossen hatte. Als die Ratte starb, wurde der Wärter verrückt. Karl sah auf die Stadt und erkannte keinen Unterschied mehr zwischen dem Fernsehgerät und dem Fenster. Das Panorama der nächtlichen Stadt hätte auch ein Film sein können. Was er jahrelang übersehen hatte, wurde ihm bewußt – ihm ging sozusagen ein Licht auf –, aber doch nicht die Wahrheit, weil er im Erkennen seiner Lage maßlos übertrieb. Der Erkenntnis folgte der Plan. In seiner Freude darüber belohnte er sich mit Reginas Körper, obwohl sein Plan gegen sie gerichtet war. Karl verließ das Paradies, das er als Leuchtturm enttarnt hatte, freiwillig, weil ihn trotz seiner Sünden niemand vertrieb. Das Paradies war unerträglich geworden, denn seine Eva hatte ihm nicht einen Apfel angeboten, sondern gleich einen ganzen Obstkorb. Das war zuviel gewesen.

Die Wartezeit hatte ihr Ende, Karl spazierte zur Schule und kam dort, weil er den Weg gleich gefunden hatte, ein wenig zu früh an.

Nur der Schulwart war bereits im Haus und machte Karl sofort mit allem, was hier nicht erlaubt oder nicht üblich sei, vertraut. Nach und nach kamen die Kollegen, begafften oder ignorierten den Neuen, gingen an ihm vorbei oder kamen auf ihn zu. Die Männer trugen seltsamerweise alle Bärte, sie sahen aus wie die sieben Zwerge, bloß waren sie mehr. Und ein paar Schneewittchen standen auch herum; eine, relativ jung und sehr gebräunt, erkor Karl zum Oberschneewittchen. Karl fühlte sich gut. Dachte er an Frauen, konnte er sich gar nicht schlecht fühlen. Warum kommst du freiwillig in dieses Kaff, fragte einer, der zwar, wie alle anderen, seinen Namen gesagt hatte, welchen Karl aber in der Vielzahl der Namen sofort vergaß. Man sagt hier Du zueinander. Karl gab seinem Kollegen nochmals die Hand und sagte seinen Vornamen, der neue Du-Freund antwortete, daß er Englisch unterrichtet. Die Schule ist klein, sagte der Englischlehrer, die Stadt ist klein, Kleingeister in der Kleinstadt, wie elend. Knapp vor Konferenzbeginn kam noch der Turnlehrer, statt zu grüßen, sagte er – einen Tag vor Schulbeginn –, scheiße, das Schuljahr zieht sich.
Der Direktor leitete die Konferenz, begann mit Punkt eins der Tagesordnung. Aus dem Benehmen der Kollegen, die den Raum verließen, miteinander redeten oder Zettel bekritzelten, schloß Karl, daß die Ausführungen des Direktors die übliche Schulroutine betrafen. Hin und wieder stimmte man über irgend etwas ab. Karl arbeitete währenddessen an einer Liste, in der er die Vor- und Nachteile der Kolleginnen eintrug. Ein Ehering wog als geringfügiger Nachteil, ein zu dicker Hintern als schwerwiegender. Um nicht den Eindruck zu erwecken, er würde als einziger mitschreiben, was der Direktor verkündete, hörte Karl mit seiner Liste auf und zerriß den Zettel. Bei der Zuteilung der Klassen paßte Karl kaum auf, jede Zustimmung oder jeder Widerspruch schien ihm unnötig, zumal er als Dienstjüngster damit rechnete, jenen Klassen zugewiesen zu werden, die die Kollegen als Strafkompanien bezeichneten, vielmehr überlegte er, ob der Satz des Direktors, hier gehe es familiär zu, als Drohung aufzufassen sei oder als deren Gegenteil. Zwei Familien kannte Karl genauer, seine eigene und die Reginas. In beiden wurde ständig über Geld gestritten. In seiner, weil immer zu wenig, in Reginas, weil immer zu viel da gewesen war. Andere Familien hielt er nicht für besser.

Sein Plan zur Flucht aus dem vermeintlichen Paradies erfuhr nun die letzte Bekräftigung: eine Anstellung weit weg vom großstädtischen Leuchtturm. Karl hatte, ohne Regina davon zu informieren, seine Bewerbung für Wien zurückgezogen und andere für die östlichen Bundesländer eingereicht. Als Regina von seinem Glück, wie er es nannte, erfuhr, reagierte sie, nicht wissend, ob sie sein Glück teilen oder verfluchen sollte, mit Migräne, die auch durch seine Beteuerungen, so weit sei er auch nicht weg und am Wochenende sowieso bei ihr, nicht zu lindern war. Im abgedunkelten Zimmer packte Karl seine Sachen zusammen, er werden nur für ein Jahr einen beurlaubten Kollegen vertreten, sagte er, Regina entschuldigte sich, ihr Kopf, sie könne ihm leider nicht beim Packen helfen. Dieses Mal nicht, hatte er gedacht, kein Mitleid, er werde nicht anrufen und absagen, und wenn es ihren Kopf in tausend Stücke zerreißt.
Das Oberschneewittchen setzte sich in einer Rauchpause zu Karl. Schick sieht dein Anzug aus, sagte sie. Karl schämte sich, als einziger trug er einen Anzug, die anderen kamen in kurzen Hosen oder Jeans. Wie ein Narr sehe er aus, peinlich, dachte er, und daß Regina ihm den Anzug gekauft und für die Konferenz bereitgelegt hatte, zum Abschied habe sie ihn noch zum Narren gemacht. Aber sie habe von den Gebräuchen hier nichts gewußt, der Anzug hätte auch passend sein können, er mache sich selbst zum Narren. Regina habe nie etwas böse gemeint, dachte er, sie sei ideal, schön, erotisch, reich, klug, sie sei einfach nur die falsche Frau für ihn gewesen oder er der falsche Mann für sie. Denn wäre es anders, würde sie keine Migräne bekommen beziehungsweise würde ihn die Migräne nicht stören. Das Oberschneewittchen, das sich als Susanne vorgestellt hatte, zu dem aber jeder Susi sagte, nahm Karls Kugelschreiber. Nobel, sagte sie. Auch ein Geschenk von Regina, dachte er, und es werde lange dauern, all ihre Spuren durch eigene zu ersetzen. Karl schenkte Susanne den Kugelschreiber, und diese nahm nach einigem Zögern mit einem allesversprechenden Lächeln das teure Geschenk an.
Nach der Konferenz ging man ins Gasthaus, nur Susanne fuhr nach Hause. Karl rief Regina an. Am Anrufbeantworter hörte er seine eigene Stimme. Er legte auf, ging zu den anderen. Bis drei Uhr früh wurden bei reichlichem Alkoholkonsum die Probleme der

Schule und der Welt diskutiert und nicht anwesende Menschen denunziert. Auf dem Weg zum Hotel, Karl wohnte die ersten Nächte dort, weil die von der Schule besorgte Wohnung erst in ein paar Tagen bezugsfertig sein würde, kotzte er gegen die Straßenlaterne. Wie früher, dachte Karl, wie in Paris oder Rom.

Sylvia Treudl
Straßenkampf

Es hält sie aufrecht, wie mit einem Senkblei nach unten fest ausgerichtet, einem unsichtbaren Mittelpunkt entgegen, in den Stiefeln zu stehen. Standhaft zu sein. Wehrhaft vielleicht. So zu wirken zumindest. Im Leder. Bei jedem Schritt das Material als atmende Hülle spüren, die sich schmiegt und spannt und leise knirscht. Die schwere Jacke auf den nackten Schultern wie die tröstliche Umarmung eines freundlichen Bären; eines älteren Bruders vielleicht. Die alte Sehnsucht nach Schutz und Trost, die immer in Schach gehalten werden muß.
C. lächelt. Die kardinalroten Handschuhe überstreifen. Mit zwei Griffen das Haar zusammenfassen im Nacken. Dabei das Leder auf der Haut noch deutlicher wahrnehmen, die Spannung genießen, die dabei entsteht.

Es ist ein strahlender Morgen im späten Juli. Einer, der auch gerade eine Vollmondnacht überstanden hat. Das Lächeln verschwindet. Sie schüttelt den Kopf. Anderes jetzt.
Sie tritt an ihr Motorrad heran wie an ein Pferd in der Box. Linksseitig und von hinten. Mit der flachen Hand über die schöne Rundung des Tanks gleiten, guten Morgen, Maschine.
Dann erst den Schlüssel ins Zündschloß und starten.
Verschlafenes Brummen geht rasch in gleichmäßiges Motorschnurren über. Der Morgen scheint zu konvenieren. 650 Kubik, in schwarz gehalten, sind startklar.
Sie manövriert zweieinhalb Zentner, Heck bergauf geparkt, aus der Lücke zwischen einer duftenden Linde und einem Gartenzaun. Den Platz hat sie sich so ausgesucht: unbequem, aber malerisch. Die anderen stehen prosaisch auf dem Asphalt hinterm Gasthof. Sechs schöne japanische Motorräder in Serie aufgefädelt; nur Nummer sieben tanzt aus der Reihe.

Kann sie sich leisten. Schließlich ist sie die einzige in dieser Gang, die es aufgegeben hat, hinten aufzusitzen, die es vorzieht, für ihre Extravaganzen und ihren Fahrstil selber verantwortlich zu sein. Darüber hinaus fühlt sie sich der Gruppe nicht sonderlich verpflichtet. Aus einer Laune heraus hat sie die Einladung der anderen angenommen, sich anzuschließen, mitzukommen, – behauptet sie jedenfalls in die Richtung des Spiegels. Und hat sich in den letzten Tagen oft gefragt, ob das richtig war. Ist jedesmal am selben Punkt in eine hellsichtige Wut über sich hineingeraten, wenn sie zugeben mußte, daß sie einfach nach fünfzehn Tagen Alleinsein auf der Straße, die sie zum Teil abgearbeitet hat wie eine Strafe, mürbe war. Als sie dann an dieser Tankstelle auf die anderen getroffen ist und aufgefordert wurde mitzukommen, hat sie die gedehnte Unentschlossenheit glaubwürdig gemimt. Aber A., die nicht besonders begeistert gewirkt hat, ist abrupt und wortlos bei ihrem Fahrer aufgestiegen, ohne C. noch einen Blick zu gönnen.
„*... und bin der dunkle Geist, der jede Nacht verzweifelt vor dem Fenster fleht – und dann sich wieder näheschеu in dünner Luft verzittert ...*"
C. weiß Bescheid; über A.s Rolle, ihre eigene, über Gruppendynamik und Revierkämpfe. Wahrscheinlich hat auch ein gerütteltes Maß Trotz die Entscheidung mitgetroffen. Wenn die andere den Kampf will, kann sie ihn haben.

Aufgesessen, Helm zu, noch eine halbe Minute im Stand laufen lassen, tief Luft holen, fast kein Flattern mehr im Magen, jetzt müßte es nur noch gelingen, die eine oder andere Rimbaud-Zeile im Hirn am Dröhnen zu hindern und im Kopfradio endlich einen anderen Sender zu erwischen, denn langsam wird *Orpheus und Euridike unerträglich. Que faro senz' Euridice ...* – das hätte er sich früher überlegen müssen.
Eigentlich, räsoniert C., während sie behutsam dem Tourenzähler ein bißchen auf die Sprünge hilft, ist das eine noch viel perfidere Geschichte als *Romeo und Julia* und sehr viel wahrscheinlicher als *Philemon und Baucis.*
Sie wirft einen letzten prüfenden Blick auf die Armaturen, kuppelt ein, es ist noch früh, aber bereits erstaunlich warm, schwarzes Leder und schwarzer Lack strahlen einander heiße Wellen entgegen, Ungeduld flügelt ihr an Schenkel und Handgelenke.

Ein Weggleiten aus dem Stand, ein Abschmieren und dann Gas, mehr Gas, sich lösen aus statischen Zuständen.
Ist es das? Ist es *das?* Das *auch*.
Für diesen Moment des Aufbruches überlagert absolutes Glück alles andere. Sommerfelder, Wiesen, ein blaues Seidensegel hoch über ihr und ein gutes Gefühl für das bike unter ihr.
Jetzt wird es hochtourig. Guten Morgen, Leben.
Ein paar Tränen, kondenswassergleich unter dem halboffenen Visier. Das ist der Fahrtwind, nur der Wind.
Kurven anschneiden, die Maschine hochziehen. Umlegen in die andere zärtliche Neigung. Feldergewoge und Baumgewinke, ein schmales Teerband, das herb duftend bereits zu viel Sonne eingesogen hat, aufweicht, als Unterlage für satt rollende Reifen. Sie streichelt über den Tank, der sich blutwarm anfühlt, als legte sie dem Geliebten die Hand auf die Brust. Glück. Nicht: auf einem Motorrad hocken und Runden durch die Gegend abspulen, sondern: in einer Einheit sich wiegen, gleiten. Glück.
Weiterfahren. Weiter. Weiter weg. Weiter Weg.
Ohne Gepäck und Ballast.
Daß es nie wieder Nacht würde!
Ein Sonnenblumenfeld breitet ihr hinter einer unaufmerksam genommenen Kurve eine gelbgolde Schale unter das Vorderrad. Sie lacht. Guten Morgen, Herr Van Gogh, heute darf jedes Klischee aufkommen.
Dekorativ schwarz gegen gelb setzend, hält sie am Rand des Feldes. Bedauert, nicht die richtigen Hardcore-Zigaretten à la Freiheit auf zwei Rädern dabei zu haben und zündet sich eine Leichtmarke an. Jeans auf nackter Haut, auf völlig nackter Haut, tauchen plötzlich zwischen den kräftigen Stengeln der hohen gelbgekrönten Blumen auf. Bevor sie ihrem Blick erlaubt, das Gesicht der Gestalt zu erreichen, ist da nur mehr die heiße Luft, die über rissiger Erde zwischen den dicht stehenden Gewächsen zittert. Sie blinzelt irritiert. Lehnt sich an ihr Motorrad und fühlt sich ein bißchen schwach. Sie hat keinen Menschen getroffen bis jetzt, nicht einmal einen eifrigen Bauern auf dem Traktor, der Morgen gehört ihr ganz allein. Das ist besser als ein Frühstück.
Jetzt wieder aufsteigen und der Straße vertrauen. Fahren und nur halten, um zu tanken. Keine Nahrung und kein Schlaf. Fahren, bis

sie unsichtbar wird. *Ghostrider*. Verschwinden. Ohne Packtaschen und Papiere und erklärende Briefe. Einfach verschwinden.
Typischer Eskapismus, würde K. sagen und endlich wieder einmal Anlaß haben, irgendetwas von Lenin zu zitieren, passend oder nicht, die Gelegenheiten sind selten geworden, gerade deshalb darf jemand wie C. sich in seinen Augen den Luxus dekadenter Überlegungen nicht leisten.
Sie lächelt. Wieder. Mit Pausen eigentlich seit dem Erwachen. Lächelt. Das wird sich ändern. Noch lächelt sie.
Sie sitzt auf. Wendet. Kehrt um. Fährt zurück.
Als sie auf die Gruppe stößt, die im Landgasthof den Frühstücksraum bevölkert, ist der Tag bereits angebraucht.
„*This is the last day of our aquaintance* ..." Sie hört auf zu lächeln, weil sie keine Maske braucht.
Setzt sich und bestellt Kaffee. Nur Kaffee.
„Du warst schon unterwegs?"
Er spielt ihr die Frage scheinbar belanglos zu. Außer ihnen beiden weiß niemand, daß sie höchstens zwei Stunden Schlaf gehabt haben kann. C. sieht ihm direkt in die Augen, sie wird nicht mehr viele Gelegenheiten dazu haben. Gepäckrollen und Satteltaschen würfeln reisefertig in einer Ecke durcheinander.
A. schaltet schnell, sie sitzt neben ihm, wo sonst, schließlich schläft sie ja auch neben ihm, verbittert schnappt sie nach einer Semmel.
Er erwidert C.s Blick. Nein, er wird nicht die Augen senken. Was nicht bedeutet, daß er gewillt ist, die Dinge allzugenau zu betrachten.
„Ja, ich habe eine Morgenrunde in der Sonne gedreht", antwortet sie ernsthaft und muß tief in die Tasse blicken, um ihn nicht breit anzugrinsen.
Jetzt war es die Sonne.
In der vergangenen Nacht war es ein anderer Himmelskörper, beängstigend in seiner Vollkommenheit, verdoppelt im See, als wäre sein Zwillingsbruder abgestürzt, hineingefallen ins nachtschwarze Wasser. Eine Kulisse, ein Ausbund an Kitsch, aber keiner von beiden hat gelacht.
Sie haben einander auch nicht nach den Vorwänden gefragt, die sie getrennt an den See geführt haben. Kurz nach Mitternacht. Jeder für sich. Allein.
Purer Zufall. Zu-Falle. Es schläft sich so schlecht bei Vollmond.

Keine Ausreden, keine verlegenen Entschuldigungen. Und auch keine Vorsicht mehr. Als wollten sie sich rächen aneinander für zwei Wochen voll von Höflichkeiten und diesem Kumpels-on-the-road-Theater. Es reicht. Keine Wort mehr. Erzählt haben sie einander genug.
It's only words.
Er überläßt ihr die Wahl des Platzes, an dem sie sich lieben können. Selbstverständlich hält sie auf den Bootssteg zu. Sie zögern nicht und sie haben keine Eile. Sie tun, was sie tun wollen, seit Tagen. Tun es gut. Auf warmen Holzplanken, die seit Wochen Sonne gespeichert haben, im Wasser, Seegras und nasses Haar im Nacken und Schultern, alles mondversilbert. Das Reden, das Schweigen, das Lieben sind eingerahmt von einer langsam ermüdenden Nacht, der Mondbruder zieht sich zurück in unbekannte Seetiefen, Dämmerung fingert über die Baumkronen am Ufer.
Sie trennen sich unter der Kastanie vor dem Gasthof. Schweigend und ohne Abmachung. Noch gefaßt und schon bereit für die Verzweiflung, die sie einholen wird, demnächst.

Niemand von den anderen gibt zu erkennen, ob sie schon enttarnt sind, doch A. weiß um die vergangene Nacht Bescheid.
Die Art, wie sie den Tisch verläßt, sie beide demonstrativ allein zurückläßt im Geplauder der anderen, ist deutlich. Fordert zur sofortigen Klärung und Beilegung eines Irrtums auf.
Die Gruppe löst sich langsam auf in Individuen, die mit melancholischem Bedauern zum letzten Mal die Motorräder aufpacken, Kettenspannung prüfen, Öl nachfüllen, sich liebevoll an Metall zu schaffen machen. „*This ist the last day ...*“
Zwei Wochen auf der Straße, mit Benzindunst an den Händen, im Lederschweiß und einer glücklichen Müdigkeit abends, nach viel Sommer und Landschaft vor dem Visier. Sie rüsten zum Aufbruch, verweigern die Gedanken an erste Arbeitstage, Stadtdunst und Herbst, sind um Fröhlichkeit bemüht.
Sie brechen bald nach dem Frühstück auf, wollen den letzten Tag noch so gut als irgend möglich nützen. Ein brüllendes, chromfunkelndes Geschwader ergießt sich in einen brütenden Julivormittag. Nimmt Kurs auf den Alltag. Die entspannte Stimmung, auf die sie alle nach zwei Wochen Ferien ein verbrieftes Anrecht zu haben

glauben, will bei der Mittagsrast nicht gelingen. Eine unbenannte Spannung drückt schwerer als die Hitze, mühsam gezügelte Gereiztheit macht ihnen zu schaffen, als sie hinter kühlen Getränken vergeblich nach einem freundlichen Abschluß suchen. C. und der Seemann halten sich voneinander fern und fallen sich gegenseitig wieder und wieder in den Blick, sie sind so auffällig wie ein roter Benzinkanister in einer Scheune. Niemand erhebt Einspruch gegen eine baldige Weiterfahrt, beinahe erleichtert verabschieden sich die drei Ledernen, die ein paar Kilometer weiter auf Abend zu die Gruppe als erste verlassen werden.

C., die abwesend an ihrem bike herumpackt, fängt mit gut konditioniertem Gespür eine leise, aber heftige Auseinandersetzung außerhalb ihrer natürlichen Hörweite ein.
A. und ihr Motorradmann. Das war zu erwarten. Eigentlich hat C. schon die ganze letzte Woche auf irgendeinen Ausbruch gewartet.
C., routiniert im jahrelangen Umgang mit derartigen Situationen, versteht genau. Weiß auch, daß A. jetzt, für den Moment, verlieren wird, weil sie Fehler in der Inszenierung macht. Falsche Kulisse und viel zu knappes Timing.
Sie lächelt ihre Gepäckrolle freundlich an, als A., blaß vor Wut, gerade noch den Sozius der Suzuki erwischt, die im Begriff ist, demnächst aus der Gruppe auszuscheren. „Null Punkte in dieser Runde", denkt sie boshaft, „auch ein Grund, warum ich lieber selber fahre: Die Abgänge sind stärker."

Der Pulk beeilt sich nun endgültig, wieder auf die Straße zu kommen. Die vier, die kurz darauf eine Ausfahrt von der Autostraße nehmen, werden winkend und hupend verabschiedet. Niemand hat das Bedürfnis, jetzt noch einmal den Helm abzunehmen.
Der verlassene Mondmann schiebt sein schweres Rad unmittelbar hinter C.s Heck. Richtet es so ein, daß sie ihn genau im Rückspiegel hat. Sie lächelt und fühlt sich in zwei Hälften getrennt, der Länge nach säuberlich filetiert. Eine wilde, böse Euphorie schraubt ihre rechte Hand am Gasgriff fest. Die linke Seite, auf der angeblich das Herz wohnt, hat bereits das heulende Elend.
Aber solange sie da auf der Straße ist, ist sie unverwundbar. Schlimm wird es erst nach dem Ankommen.

Sie halten noch einmal an, tun, als wäre ein Stückchen Druck von ihnen abgefallen und wollen nichts mehr, als endlich voneinander loskommen, um zu retten, was an dem Tag, an dem verpfuschten Ausklang eines Urlaubes noch zu retten ist. Es dürfte erbärmlich wenig sein. Weitere Gruppenmitglieder empfehlen sich trotzdem mit der Versicherung, daß es nett gewesen wäre.
Nur noch auf drei Motorräder verteilt, nehmen sie die Autobahnauffahrt.
Die Sonne klebt als roter Ball im Rückspiegel und hat ihre Freude am Geplänkel mit Chrom.

Zwei Raststelleneinheiten weiter sind C. und der gestiefelte Kater allein.
Beide haben heftigst den freundschaftlichen Abschied von dem letzten Paar, das ihnen noch Sicherheit voneinander garantiert hatte, gespielt.
C. schließt für einen Moment die Augen, schaltet zurück, gibt Gas, als wäre der Teufel hinter ihr her, und als sie in den Rückspiegel blinzelt, meint sie fast, es wäre auch so.
Sie toben sich aus in einer wilden Jagd, flüchten zielstrebig wie die Lemminge und pendeln endlich wieder auf ein gesittetes Tempo ein.
C. ist dankbar, daß die Anatomie eines Motorrades verbindlich zwei Griffe vorschreibt, an denen die Hände Halt finden.
Die Autobahnkilometer scheinen wie ein Fließband unter ihr durchgezogen zu werden, sie hat den schönen Rhythmus mit ihrem bike verloren.
Sie wendet sich halb um zu ihm, bedeutet mit einer knappen Geste, daß er sie überholen soll.
Er schließt eng zu ihr auf, bringt seine Maschine neben die ihre, fährt neben ihr her. Sie ist froh über ihre dunkle Brille und darüber, daß ein nachkommender Wagen ihn von der Überholspur vor sie zwingt.
Nun hat sie ihn vor sich und kostet es aus, sich vorzustellen, alles wäre wahr. Sie führen gemeinsam, hätten ein verbindliches Ziel, eine Zukunft vielleicht.
Das heulende Elend bemächtigt sich auch der rechten Filethälfte. Sie weiß, daß er sie im Rückspiegel hat, weiß, daß er weiß, daß sie

es weiß, daß ... die Geschichte mit dem Spiegel im Spiegel im Spiegel – wie auf den Schwarzer-Peter-Karten, die sie als Kind so geliebt hat.
Sie gibt ihm ein Zeichen, bedeutet, er soll beschleunigen.

Als er seinen höchsten Gang ins Getriebe jagt, schlägt sie die langgezogene Kurve einer Ausfahrt zum einem Kaff, von dem sie noch nie gehört hat, ein.
Autobahnen sind Einbahnen.

Autorenverzeichnis

Martin Amanshauser,
geboren 1968 in Salzburg, AHS-Matura 1987, anschließend Zivildienst. Einjähriger Aufenthalt in Lissabon 1988/89. Ab Wintersemester 1989 Studium von Geschichte und Portugiesisch/Spanisch/Afrikanistik in Wien. Abschluß des Studium 1995 als Mag. phil.

Susanne Friedmann,
geboren 1956 in Heidelberg, studierte in Freiburg und Florenz Kunstgeschichte und Germanistik. Betätigte sich für Studiosus, München, als Studienreiseleiterin in Florenz, arbeitete als Dozentin für Kunstgeschichte und als Kunstkritikerin und ist heute freie Autorin für den Hörfunk, für Zeitungen und Zeitschriften.

Barbara Frischmuth,
geboren 1941 in Altaussee, Steiermark. Studium der Sprachen Türkisch und Ungarisch am Dolmetsch-Institut der Universität Graz, in Erzurum und Debrecen. Ab 1962 Mitglied des Grazer Forum Stadtpark. Von 1964 bis 1967 Orientalistik-Studium in Wien. Seither freie Schriftstellerin und Übersetzerin, Autorin von Hörspielen, Theaterstücken und Kinderbüchern. Lebt seit 1997 wieder in Altaussee.

Monika Helfer,
geboren 1947 in Au/Bregenzerwald, Österreichischer Würdigungspreis 1997 für ihr Gesamtwerk.

Paulus Hochgatterer,
geboren im Amstetten/Niederösterreich. Studium der Medizin und Psychologie, lebt als Schriftsteller und Kinderpsychiater in

Wien. Diverse Preise und Stipendien, zuletzt Österreichischer Förderungspreis für Literatur 1998.

Heinz Janisch,
geboren 1960. Studium der Germanistik/Publizistik in Wien, freier Mitarbeiter beim ORF-Hörfunk. Redakteur der Ö1-Sendereihe Menschenbilder. Mitglied der Grazer Autorenversammlung.

Daniel Kehlmann,
geboren 1975 in München, lebt seit 1983 in Wien. Studium der Philosophie und Literaturwissenschaften. 1997 erschien sein Debutroman Beerholms Vorstellung, für den er mit dem Förderpreis der Deutschen Industrie ausgezeichnet wurde.

Walter Klier,
geboren 1955, lebt in Innsbruck. Mitherausgeber der Kulturzeitschrift Gegenwart (1989 bis 1997). Literaturkritik, Essays und Belletristik. Seit 1984 ständig Mitarbeit am Extra der Wiener Zeitung.

Michael Köhlmeier,
geboren 1949 in Hard am Bodensee, studierte Germanistik und Politikwissenschaft in Marburg/Lahn sowie Philosophie und Mathematik in Gießen. Lebt als freier Schriftsteller in Hohenems (Vorarlberg) und Wien.

Peter A. Krobath,
geboren 1961 in Waiern/Kärnten, lebt in Wien, Journalist und Autor, zahlreiche Veröffentlichungen, Max-von-der-Grün-Preisträger 1998.

Barbara Neuwirth,
geboren 1958 in Eggenburg, studierte Ethnologie und Geschichte. Lebt als Schriftstellerin in Wien, Salzburg und Mitter-Retzbach. 1985 bis 1997 Verlegerin im Wiener Frauenverlag und Herausgeberin der wissenschaftlichen Reihe Frauenforschung.

Julian Schutting,
Dr. phil., geboren 1937 im Amstetten/Niederösterreich. Ausbildung zum Photographen an der Graphischen Lehr- und Versuchsanstalt in Wien. Nach der Externistenmatura Studium der Geschichte und Germanistik, Dissertation über ein rechtshistorisches Thema. Seit 1973 Mitglied des PEN. Lebt in Wien als freier Schriftsteller.

Norbert Silberbauer,
geboren 1959 in Eggenburg, Studium in Wien (Deutsch und Geschichte), Mitarbeiter im Dokumentationsarchiv des österreichischen Widerstands in Wien, Lehrer an der HAK Retz und am Gymnasium in Znaim (CZ). Mitglied bei GAV und PODIUM.

Sylvia Treudl,
geboren 1959 in Krems/Niederösterreich. Schulbesuch in Krems, seit 1977 in Wien lebend. Studium der Politikwissenschaft, Promotion 1984. Von 1985 bis 1997 ständige Mitarbeiterin im Wiener Frauenverlag (der seit 1997 Milena Verlag heißt). Herausgabe zahrleicher literarischer Anthologien, die sich mit den Themen Liebe/Erotik/Beziehungen beschäftigen sowie Tätigkeit als Herausgeberin und Lektorin der Krimireihe Giftmelange. Daneben Betreuung des allgemeinen literarischen Lektorates.

Monika Wogrolly,
geboren 1967 in Graz. Studium der Philisophie und der Deutschen Philologie in Graz. Diplomarbeit über Heideggers van-Gogh-Interpretation, derzeit Ausbildung zur Psychotherapeutin und Forschungsprojekt über die Hirntodproblematik.